ベリーズ文庫

次期国王は初恋妻に溺れ死ぬなら本望である

一ノ瀬千景

STARTS
スターツ出版株式会社

目次

次期国王は初恋妻に溺れ死ぬなら本望である

特別書下ろし番外編

次期国王は初恋妻に
溺れ死ぬなら本望である

プロローグ

『私はなんて幸せなのだろう』

そう信じて疑いもしていなかった幸せな頃が、たしかにあった。

「ディル、まだかなぁ。喜んでくれるかしら」

十五歳の誕生日を迎えたばかりの少女、プリシラは木陰にちょこんと座り込み、愛しい人の到着を今か今かと待ち侘びていた。

彼女は両手の上に小さな木箱をのせていた。そして、それに視線を落とすと、花がほころぶような笑みを浮かべた。

これを受け取るとき、彼はどんな顔をするだろうか。いつもは無愛想な彼だけど、少しはうれしそうにしてくれるだろうか。

プリシラの心は大きな期待と、ほんの少しの不安の間をせわしなく揺れていた。

絹のようなサラサラと流れ落ちる淡い金髪、明るいオリーブグリーンの瞳、薔薇(ばら)色に輝く頬と唇。誰もがうらやむ愛らしい容姿を持つ彼女は王国内でも一、二を争う名門ロベルト公爵(こうしゃく)家のご令嬢だ。

何不自由ない暮らし、惜しみのない愛情、公爵令嬢の身分にふさわしい教育、両親からすべてを与えられて育った彼女は立派なレディに成長しつつあった。

「プリシラ」

プリシラの座るその場所は、小さな丘の上だ。初夏の明るい日ざしに、草木が青々と輝いている。

彼女の名前を呼び、さっそうと丘を駆け上がってくる青年。彼こそがプリシラの淡い恋のお相手であるディルだ。白いシャツに濃紺のベスト、シルクタイは鮮やかなロイヤルブルー。シンプルだが身分の高さがはっきりとわかるその服装に、ちっとも見劣りしない美貌の持ち主である。

艶(つや)やかな漆黒の髪と、凛々(りり)しい眉。けぶるような、少しグレーがかった青い瞳とすっと通った鼻筋は、十七歳という年齢以上に彼を大人っぽく見せる。

妖しいまでの色気をまとった彼は、このミレイア王国の第二王子、ディル＝アント・ミレイアだ。

プリシラと彼は幼なじみだ。兄妹のように近しい距離で育った。ディルの異母兄で世継ぎの王子であるフレッドと比べれば、第二王子であるディルは身軽な立場である。年頃といえるこの年齢になっても、ふたりは気軽に会うことが許されていた。もっとも、ディルが十八歳の誕生日を迎え成人してしまえばそれも叶わなくなるのかもしれない。

だからこそ、勇気を出すことに決めたのだ。プリシラはドレスの裾をつまみ立ち上がると、手の中の木箱をぎゅっと握りしめ、ディルに向き合った。

「なんだよ、話って……」

ディルはいつも通りの、少しぶっきらぼうな態度でプリシラを見やった。

誰に対しても柔和で礼儀正しく、理想的な王子とたたえられる兄のフレッドとは異なり、ディルは王子らしからぬ粗野なところがあった。優美な外見に似合わず、口も悪い。

そんな対照的なふたりの王子を揶揄する、白王子・黒王子などというあだ名は庶民の間にまですっかり浸透してしまっていた。

ひねくれ者の黒王子、ディル。けれど、彼の本来の姿を自分だけは知っている。わかりにくいだけで、本当は人一倍、優しいのだ。プリシラの心を揺さぶるのは、彼だけだった。

彼に恋をしている、そう確信したのはいつのことだったろうか。

そして、彼もまた自分を思ってくれているのでは……そんな甘い予感に胸をときめかせるようになったのは、いつからだったか。

プリシラは、はやる心をなんとか落ち着かせようと、大きく息を吸い込んだ。

「どうした?」

そのとき、ふいにディルがプリシラの顔を覗き込むようにして視線を合わせた。

神秘的な色合いの瞳に吸い込まれそうになる。せっかく落ち着けたはずの心臓が、またうるさく騒ぎ立てる。

「あっ、あのね……ディルに渡したいものがあって。この前、お父様がスワナ公国に行ったときにお土産に買ってきてくれたものなのだけど」

スワナ公国はミレイア王国の西方に位置する小さな国だが、良質な鉱石の産出国として有名だった。とくに宝石は素晴らしく、近隣諸国の王侯貴族が競うように買いあさっていた。

プリシラの父、ロベルト公爵も御多分に洩れず、スワナ公国産の宝石をかわいい娘にプレゼントしてくれたのだ。

プリシラはその品を初めて見た瞬間に、ディルへの贈り物にしようと決めた。

もちろん父には内緒で……だったが。

首飾りにするか腕輪にするかあれこれと思い悩んだ末に、やはり一番気持ちが伝わるであろう指輪にすることに決めた。公爵家御用達の職人にこっそり頼み込んで、素晴らしい品に仕上げてもらったのだ。

　プリシラは大切に握りしめていた手の中の木箱をディルに差し出す。ディルはそれを受け取ると、不思議そうに首をかしげた。

「公爵からの土産物を俺に？　なんで、また？」

「開けてみてくれる？　そしたら、きっとわかるから」

　プリシラのやけに真剣な表情に押されて、ディルはその小さな箱を開けた。

　地金は銀でシンプルだが美しい彫りが施されている。真ん中に輝く宝石はペリドットだろう。大粒で、澄んだ明るい碧色をしている。それは、たった今ディルの目の前で、頬を紅潮させているプリシラの瞳と同じ色だ。

　――開ければわかる。

　その言葉の意味をディルは理解してくれただろうか。

　自分の瞳の色と同じ色の宝石を贈る。それはこの国では愛の告白を意味していた。ミレイア王家に古くから伝わる習わしで、婚姻の証として互いの瞳と同じ色の宝石を交換するのだ。

〝生涯、あなただけを見つめます〟という意味をこめて。その習わしは、いつしか庶民の間にも広まり、夫婦だけでなく恋人同士でも宝石を贈り合うようになった。プリシラも幼い頃からこの習わしに憧れを抱いていた。

（いつかは私も……ずっとそんなふうに夢見てきたけれど、とうとう実現する日がきたのね！）

ディルはきっと、少し照れたような笑顔でこれを受け取ってくれるだろう。いつもの憎まれ口もこんなときくらいは控えめにしてくれるだろうか。

プリシラはこれっぽっちも疑っていなかったのだ。彼は自分の気持ちを受け止めてくれる、無邪気にそう信じていた。

だから、次の瞬間、ディルの口から発せられたその言葉を、現実のものとはどうしても思えなかった。

「え？」

「だから、いらないって」

ディルはプリシラの思いの詰まった宝石を無感動に一瞥(いちべつ)しただけで、すぐに木箱の蓋を閉めてしまった。

ディルに突き返され、行き場をなくしたその箱をプリシラは呆然と見つめた。

「――どうして？　あっ、もしかしてペリドットは好きじゃなかった？　それとも指輪なんて趣味じゃないとか……」

　プリシラは必死に理由を探した。ディルは自分と同じ気持ちではなかった。その残酷な可能性から目を背けたい一心で。けれど、彼女のかすかな望みはばっさりと断ち切られた。ディルにはっきりと告げられてしまったのだ。

「ただの土産なら遠慮なくもらっとくけど……プリシラの瞳と同じ色の宝石は受け取れない」

　まるで頭から冷水を浴びせられたように、プリシラの心と体は急速に冷えていった。ほんの少し前までは、あんなに気分が高揚していたというのに。期待に胸をときめかせていた自分は、なんて愚かだったのだろう。滑稽すぎて涙も出なかった。

「悪いけど、それは自分のものにしてくれ。ネックレスかなにかに直したら、きっとよく似合うよ」

　ディルらしくもないやけに優しい口調が、かえってプリシラを惨めな気持ちにさせる。ディルが悪いわけではない。そんなことは十分わかっているのに、目の前の彼を責めてしまいたくなる。

「いらない。ディルがもらってくれないのなら、こんなもの……」

　初めて見たときはその美しい輝きに感動すら覚えたのに……今はただの石ころ以下

に思えてしまう。宝石にもディルにもなんの罪もない。ただの八つ当たりだ。公爵令嬢としても、恥ずかしい振る舞いだ。頭ではわかっているのに、プリシラは暴走する感情を止めることができなかった。

「いらない。こんなもの、いらない！」

プリシラは力任せに木箱を放り投げた。地面に叩きつけられた衝撃で、木箱の蓋が開いてしまい、指輪が転げ落ちる。

指輪はコロコロと丘を下っていき、あっという間に行方がわからなくなった。が、プリシラはもう指輪のことなど、気にしてはいなかった。いたたまれず、ディルから逃げるようにその場を走り去った。

(馬鹿みたいだわ。ディルも同じ気持ちでいてくれるなんて……私の勝手な思い込みだった)

「……くそっ」

ディルは寄りかかっていた木の幹に思いきり右腕を打ちつけた。ガンと響くような痛みが走ったが、それ以上に心が痛かった。

遠ざかっていくプリシラの背中を狂おしいほどの眼差しで見つめる。だが、追いかけて抱きしめてやることはどうしてもできなかった。

(最初からわかっていたことじゃないか。どうあがいても、俺のものにはならないのだと……)

何度も何度も、そう言い聞かせて、ディルは自身の気持ちを抑えてきたのだ。覚悟はとうにできているはずだった。それでも、どうしようもなく苦しかった。

「よりによって、なんで今日だったんだよ。プリシラ」

考えても意味のないことだ。たとえプリシラの愛の告白が昨日だったとしても、明日だったとしても、ディルにはどうすることもできない。今日と同じ答えを返すしかなかっただろう。

しかし、よりによって今日だったというのは、いったいなんの皮肉だろうか。

(俺は、そんなにも神に厭われる存在なのか)

次期国王、王太子フレッドとロベルト公爵令嬢であるプリシラの正式な婚約が発表されたのは、その日の晩のことだった。

円舞曲はひとりきりで

　国土を三つの海に囲まれた海洋国家、ミレイア王国。その歴史は古く、現国王アスター陛下は十二代目の君主である。肥沃な大地と温暖な気候に恵まれた豊かな国だが、一年前に陛下が病に倒れてからは貴族たちの勢力争いが激化し、内政不安定な状態が続いていた。

　だが、そんなミレイア王国の王都シアンも今日ばかりは明るく、活気に満ちていた。暖かな春の陽気に包まれた街道には、いくつもの出店が立ち並び、旅芸人たちは歌や踊りでお祭りムードを盛り上げる。裕福な家もそうでないところも、国花であるミモザを軒先に飾ることで、祝福の意を表していた。

　そう、今夜は国民から絶大な人気を誇る王太子フレッドの結婚披露パーティーが開かれるのだ。

　今年で二十四歳になる彼は、頭脳明晰かつ眉目秀麗。明るく社交的で、誰からも好かれる優しい性格だ。理想的な王位継承者として、国民の期待を一身に受けている。

涼しげなプラチナブロンドの髪に、明るく澄んだスカイブルーの瞳、天使のような優しい微笑を浮かべる彼は、まさに『白王子』そのものであった。

　そんな彼の花嫁に選ばれたのは、名門ロベルト公爵家のひとり娘である十九歳のプリシラである。美しく聡明で、未来の王妃になるべくして生まれてきたような娘だと評判だった。

　これ以上ないほどにお似合いのふたりの結婚、国をあげてのお祭りムードも当然のことだろう。

「さぁ、これで完璧！　よくお似合いですわ、お嬢様。いえ、もう王太子妃とお呼びすべきですわね」

　乳母として長年プリシラの世話をしてきたローザは、夜会用のドレスに身を包んだ彼女の姿を見つめると感慨深そうに目を細めた。

　肩が大胆に開いた深緑色のドレスはロベルト公爵が金に糸目をつけずに用意させた最高級品だ。ふんわりと広がるスカートには手間のかかる金糸銀糸の細やかな刺繍、スカートの裾からちらりと見えるゴールドレースは、はるか南方の国からわざわざ取り寄せた希少品。

　胸もとを飾る大粒のダイヤモンドネックレスは、王妃に献上しても差し支えのない品だ。

「結婚式は一ヶ月後よ。気が早いわ、ローザったら」

プリシラは苦笑しながら言った。今夜のお披露目パーティーから始まり、様々なしきたりの儀式を経て、一ヶ月後にようやく結婚式を挙げる段取りになっている。

ミレイア王国は歴史ある大国、王族の結婚式ともなれば仕方のないこととはいえ、当事者のプリシラとしては少々うんざりだった。

もちろん、そんな本音は微塵も表には出さないが。

「いいえ！　ほら、見てくださいな。お嬢様はもう王太子妃と呼ぶにふさわしい品格を備えられていますわ。……本当に立派になられて、ローザは誇らしい限りです」

ローザはプリシラの体をくるりと反転させ、鏡の前に立たせた。

プリシラは鏡に映る自分の姿をぼんやりと見つめた。なんだか無理して大人ぶっているようで、王太子妃の品格とやらがあるようにはとても思えなかったが……涙ぐみながら喜んでくれるローザの気持ちは、心からありがたいと思う。

「ありがとう、ローザ。よき妻になれるよう精いっぱいがんばるわ」

「ええ、ええ。フレッド殿下なら必ずお嬢様を幸せにしてくださいますわ。本当に、王太子がフレッド殿下でよかった！　異母弟のディル殿下が王太子だったらと思うと……ぞっとしますわ」

ディル。その名前を聞くだけで、プリシラの心臓は小さく跳ねた。胸の奥がズキリとえぐられたように痛む。それを悟られないよう必死に平静を装いながら、会話を続ける。

「本当にそうね。近頃のディルの噂はひどいものばかりだものね」

義弟の悪評を心配している。そう見えるように表情を取り繕う。

「とうとうバッカス子爵夫人とは別れてしまったらしいですけどね。これでおとなしくなるかと思いきや、今度は王宮の下働きの娘にも手をつけたそうですよ」

ここ数年、ディルは女遊びがひどい。もともと芳しくなかった評判は地に落ちそうな勢いだ。

「けど、ディル殿下は危うげな雰囲気が魅力よね！　あのクールな瞳に見つめられたら、芯からとろけてしまいそう」

ローザの実の娘でプリシラよりひとつ年上のアナがうっとりとつぶやいた。

「なにを言っているの、この子は！　いくら王子とはいえ、あんな軽薄な……絶対に許しませんからね」

「馬鹿ねぇ、お母さんったら。ディル殿下が私みたいな平凡な娘を相手にするわけないじゃない。バッカス子爵夫人は〝社交界の薔薇〟とうたわれる美女だし、噂になる娘たちもとびきりかわいい子ばかりよ」

アナはけらけらと笑ったが、ローザはそんな娘をジロリと睨みつけた。真面目な母にちっとも似ず、アナは天真爛漫のお調子者だ。

（バッカス子爵夫人かぁ。あまり言葉を交わしたことはないけれど、たしかに美しい人だったわ）

プリシラより十は年上だったろうか。華やかで妖艶で、大人の女の魅力に満ちた人だった。ディルは彼女のような女性がタイプなのだろう。

自分とはあまりにも違う……。プリシラは無意識にため息をこぼした。

「朝から忙しかったから、お疲れですか？」

アナに心配そうに顔を覗き込まれて、プリシラははっと我に返る。

（いやだ、なにを馬鹿なことを考えていたのかしら。私はフレッドの妻、この国の未来の王妃になるというのに。今日はその第一歩、しっかりしなきゃ）

「ううん、大丈夫よ。さぁ、そろそろ王宮に向かわないとね。お父様、お母様にご挨拶をしてくるわ」

今日から結婚式までの一ヶ月の間、プリシラは王宮内の離宮で過ごす決まりになっていた。結婚式後はそのまま王太子宮に移る。

よって、なれ親しんだこのロベルト公爵邸とも今日でお別れだ。距離としてはそう遠くもないが、いつでも遊びにというわけにはいかなくなるだろう。

プリシラは両親にこれまでの感謝の言葉を告げると、王宮からの迎えの馬車に乗って生家を後にした。

王宮〈パトリシア宮〉正殿、『青獅子の間』。正方形の大きな広間に、あふれんばかりの人が集まっていた。この国の名だたる貴族たちが一堂に会しているのだから、それはそれは華やかなものだった。

色とりどりの流行りのドレスに身を包んだ女性たちは、紺碧(こんぺき)のアドリル海を泳ぐ美しい魚の群れのようだ。一流の奏者が奏でる心地よい音楽と豪華な食事、楽しげな笑い声。

プリシラはその光景をどこか他人(ひと)ごとのように眺めていた。今宵のヒロインにもかかわらずすっかり壁の花と化している。その理由はただひとつ。エスコートしてくれるはずのフレッドがまだ現れないのだ。

今日ばかりはほかの男性の手を取るわけにはいかないし、周囲の人間も気を遣ってプリシラには声をかけない。

誰もがなんでもないような顔をしてはいるが、なにかスキャンダラスなことがあったのでは……という好奇心と疑惑の入りまじった視線をプリシラは痛いほどに感じていた。

「よう。フレッドはまだ着かないのか？」

そう声をかけてきたのはディルだった。

ライトブルーのベストにパンツ、紫タイという夜会らしい華やかさのある格好をしている。珍しいことに、漆黒の髪はオールバックにきっちりと整えられていた。数々の浮き名のおかげか、この数年で彼はまた一段と色香を増した。アナの言う、『見つめられたら、芯からとろけてしまいそう』という言葉も、決して大袈裟ではないかもしれない。

「しかし……緊張のあまり体調を崩しただなんて、あいつらしくないな。案外、花嫁をほったらかして、浮気でもしていたりして」

ディルはプリシラを挑発するように、にやりと笑う。

「フレッドはそんな人じゃないわ。結婚の儀に向けて忙しくしていたし、体調を崩すことだってあるわよ。あなたと一緒にしないで」

プリシラはディルを睨みつけると、冷たい声で返した。

大事な日に体調を崩すなんて、たしかにフレッドらしくはないが……彼だって人間だ。そんなときもあるだろう。パーティーを中止するのではなく少し遅れて参加すると言っているのだから、そう重篤な症状でもないはずだ。

(周りの視線など気にせず、私はフレッドを待っていればいいのだわ)

プリシラが動揺している様子を見せてしまったら、この場に集まったスキャンダル好きの貴族たちが嬉々としてあらぬ邪推をし始めるであろうことは想像に難くない。

「にしても、せっかく着飾ってきたのに壁に張りついたままじゃもったいないだろ。俺がフレッドの代わりにエスコートしてやろうか?」

そう言うと、ディルはすっとプリシラに手を差し出した。口は悪いが、身のこなしはこの上なくスマートだ。この手を払いのけられる女は、そうはいないだろう。

けれど、プリシラはそれをしなくてはならない。

「結構よ。そんなことできるわけないって、ディルだってわかっているでしょ。ほら、あそこで貴婦人たちがあなたを待っているわよ」

プリシラは早口で言うと、追い立てるようにディルの背中を押した。視線を合わせないようにしていたので、彼がどんな表情をしていたのかはわからない。

横顔にディルの視線を感じたが、気がつかないふりを決め込んだ。

（数年前までは、私が取るのはあの手だけだと思っていたのにな……）

考えても仕方のないことが、ついつい頭をよぎる。

（お願い、フレッド。早くここへ来て）

プリシラは祈るような気持ちでフレッドを待ち続けたが、彼は一向に姿を現さない。

パーティー開始から三十分は経過しただろうか。主役不在のまま これ以上続けるのは無理があるのでは……誰もがそう感じ始めていた頃、父であるロベルト公爵が血相を変えてプリシラのもとへ駆けてきた。

「お父様！　どうなさったの、そんなにあわてて……」

「プリシラ。一度、ここを出よう。……落ち着いて聞いてくれよ」

父に促されるまま、プリシラはそっと青獅子の間を出た。

（花婿が来ないばかりか、花嫁まで退出してしまうなんて……いいのかしら）

そう父に問いたかったが、彼は深刻そうな顔でむっつりと押し黙っていて、とても口を開ける雰囲気ではない。

なにか大変なことが起きたのだ。それだけはプリシラにもはっきりとわかった。

（フレッドの具合がよくないのかしら？　もしかして、流行病かなにかに……）

王太子宮の客間に通され沈んだ顔をしたフレッドの側近たちと対面したとき、プリシラは自分の悪い想像はあたってしまったのだと確信した。フレッドは重病に苦しんでいるのだと。しかし、側近の口から告げられた真相はプリシラが予想もしていなかったことであった。

『自分勝手なことをして申し訳ない。王太子フレッドは死んだものと思って、どうか捜さないで欲しい』

この短いメッセージだけを残して、フレッドは王宮から忽然と姿を消したのだという。体調不良でパーティーに遅れるというのは、王太子宮の者たちがとっさに考えた時間稼ぎのための言い訳だったようだ。

彼の姿を最後に見たのはフレッドの侍従をしているエドという少年で、時刻はパーティーの始まる二時間ほど前だった。そのときのフレッドの様子はいつも通りで、まさか失踪を企てているとは思いもしなかったとエドは話した。

国王夫妻も思いあたる節もなく、ひどく戸惑っているとのことだった。

結婚披露パーティーは当然中止となったが、プリシラは実家に戻ることも許されず予定通り王宮内の離宮にとどまることになった。

「ふぅ……」

プリシラは重いドレスを脱ぎ捨てて真珠色の夜着に着替えると、ふかふかのベッドに腰を下ろす。

疲れきった体は、ぐったりと重い。

ここ、ミモザの宮は王家に輿入れする女性たちが結婚式までの一ヶ月を過ごすために用意された場所だ。王の住まう正殿や王太子宮に比べたら本当に小さな建物だが、居心地は悪くない。隅々まで掃除が行き届いており、あちこちに飾られたミモザの花がプリシラの心を和ませてくれる。

この寝室も白と明るい黄色を基調とした、田舎の東屋風のかわいらしい内装だ。

──コンコン。

扉が控えめにノックされプリシラが返事をすると、年若い少女が顔を覗かせた。王宮で働く侍女だろう。王宮の侍女たちはみな、貴族身分だ。彼女も例外ではなく、育ちのよさを感じる利発そうな顔をしている。

「リズと申します。普段は王妃様の宮に勤めていますが、プリシラ様がこちらに滞在する間はお世話をするように、言いつかっております。どうぞよろしくお願いいたします」

リズは丁寧に頭を下げた。まだ十五、六歳だろうが、ずいぶんとしっかりしている。

「こちらこそ。よろしくね、リズ。仲よくしてもらえたら、うれしいわ」

プリシラがふんわりと微笑むと、リズも笑顔を見せた。

「はい！　温かいお茶をお持ちしたので、よかったらどうぞ。今日はお疲れでしょうから、ゆっくりお休みになってくださいね」

リズの目には、同情の色が浮かんでいる。彼女は手早くポットとティーカップをベッド脇のテーブルにセットすると、「おやすみなさい」と言って部屋を出ていった。

（リズはどこまで知っているのかしら……）

プリシラはポットのお茶をティーカップに注ぎながら、そんなことを考えた。

パーティー中止の理由は、公にはフレッド急病のためと説明された。だが、王太子宮に勤める者や国王夫妻の近くにいる人間は失踪という事実を知っているだろう。となれば、王宮内に噂が広まるのも、時間の問題かもしれない。

花婿に逃げられてしまった花嫁として、どんな態度を取るのが正解なのか……これまで、みなの望む〝未来の王妃様〟を完璧に演じきってきたプリシラにも、さすがに難題だった。

「どうしたらいいのか、さっぱりわからないわ」

思わず、ひとりごちた。

そもそも、フレッドの身にいったいなにが起きたのだろうか。置き手紙を残しているということは自分の意思で出ていったことに間違いはないのだろうが、思いあたる節などまったくない。フレッドは次期国王となるにふさわしい器量の持ち主で、本人もそれを十分に自覚していたように思う。

（ほかに好きな人がいて、私との結婚が嫌だった……とか？　それとも、誰にも打ち明けられない大きな悩みを抱えていたのかしら？）

いろいろな可能性を考えてはみるものの、どれも正解のような気もするし、まったくの見当違いのようにも思える。

（私、フレッドのこと本当になにも知らないのだわ）

改めてその事実に思い至り、プリシラは愕然とした。

幼い頃からよく知っていて、彼を兄のように慕ってきた。婚約者となってからは彼の妻としてふさわしい女になれるよう、努力もしてきたつもりだった。フレッドは誰にでも優しく、いつも明るかった。誰もが、彼のとりこになってしまう。

だけど、そんな彼にも人には見せない顔があったのかもしれない。プリシラはそれに気がつきもしなかった。こんな事態になっても、彼がなにを思っていたのかさっぱりわからないのだ。

「こんなんじゃ、婚約者失格ね。ごめんなさい、フレッド。どうか無事でいて」

プリシラがそう小さくつぶやいたときだった。ベッド横の大きな出窓にカツン、カツンとなにかあたるような音が聞こえた。

(えっ⁉　もしかして……フレッド⁉)

プリシラはあわてて、窓を開け外を覗いた。暗闇の中に立っていたのはフレッドではなく別の人物だった。

「ディ、ディル⁉　いったい、どうして？」

「入るぞ」

「えっ……なにを馬鹿なことを……」

プリシラが止める間もなく、ディルはふわりと飛び跳ねると開け放たれた窓から部屋の中へと体をすべり込ませた。

「なにを考えているのよ⁉　ミモザの宮は男子禁制。夫となる相手すら入ってはいけないって……当然、あなたも知っているでしょ」

プリシラはベッドから立ち上がり、あわてて傍らにかけてあるガウンを羽織った。夫以外の男に、夜着姿を見られるなんてとんでもないことだ。

(たとえミモザの宮でなくても、こんな夜更けに男性とふたりきりっていうのがそもそも問題よね。まして、相手は義弟となるディルだもの)

誰かに見られでもしたら大変なことになる。自分はもちろん、ディルの立場も危うくなるだろう。

「知っているよ。そのおかげでミモザの宮には誰も近づかない。だから、ばれやしない」

プリシラの心配をよそにディルは飄々と言ってのけると、プリシラに近づいてくる。

「そういう問題じゃない！　一刻も早く出ていってよ」

ディルは自分を押しのけようとするプリシラの腕を容易くつかまえると、ふっと意地の悪い笑みを浮かべた。

「こんなときまでいい子ちゃんぶることないんじゃない？　自分勝手に逃げたフレッドに義理立てする必要もないだろ」

——今夜は満月だったろうか。窓辺から差し込む月明かりは思いのほか明るく、ディルの顔をはっきりと照らした。

ディルは射抜くような、鋭い眼差しをプリシラに向けている。

「……いい子ぶってなんかっ」

——ない。と果たして言いきれるだろうか。プリシラはディルのまっすぐな視線から逃れるように目を伏せ、唇を噛みしめた。

「失踪なんて、そんなことするほど思い悩んでいたのなら……ひと言くらい、私にも相談して欲しかった。所詮は国のための政略結婚。女として愛されているわけじゃないことはわかっていたわ。だけど、同志としての絆のようなものがたしかにあると思っていたのに」

自分の胸の中だけにとどめておくべきこと。そう判断し、押し殺したはずの本音が口をついて出てしまった。

国民に愛されるよき王と王妃になる。自分とフレッドは同じ目標に向かってともに歩んでいくのだと信じていた。愛はなくとも自分たちの間には信頼があると思っていた。だが、フレッドはそうは思っていなかったのか……。プリシラの目にうっすらと涙が滲(にじ)んだ。

「ごめんなさい、ディル。今のは聞かなかったことにして……」

ディルの長い指がプリシラの涙をそっと拭う。優しい手つきだった。

「お前が怒るのは当たり前だと思うぞ。どう考えてもフレッドが悪い」

「――それを言いにきてくれたの？　もしかして、心配して？」

ディルの顔を覗き込んでみる。

「俺はそんなに優しくない。傷心のお前を誘惑しにきたんだよ」

ディルは妖艶な笑みを浮かべながら、プリシラの長い髪を取ると、そっと唇を寄せた。

「お前が望むなら、フレッドの代わりに抱いてやろうか」

ディルに力強く抱き寄せられ、プリシラの心臓はドクンと大きくはねた。いつものディルの軽口だとわかっているのに、動揺してしまう。

「ば、馬鹿なことを言わないで」

プリシラはあわてて、ディルを突き放す。

「私はフレッドの妻になるのよ」

「知ってるよ。本気にするな。花婿に逃げられた惨めな女の顔を見にきただけだから」

「ほ、本気になんてしてないわよ。あいかわらず、意地悪ばっかりなんだから」

だが、ディルの冗談のおかげで、プリシラの張りつめていた心が少し緩んだ。

彼はいつもそうだ。不思議なほど、プリシラの心を軽くしてくれる。

ふいに、ディルが思いがけないことを言い出した。

「だいたい、本当にフレッド自身の意思で出ていったのかも疑問が残るしな……」

「えっ!?」

（自分の意思で……じゃない可能性があるの？　でも、あの置き手紙はたしかにフ

レッドの筆跡だった）

　プリシラの混乱は深まるばかりだ。

「……ディルはなにか思いあたる節があるの？」

　仲良しとは言いがたいが、ふたりきりの兄弟だ。ディルはフレッドからなにか聞いていたのかもしれない。

「いや。ただ、あいつの性格からしてどうもピンとこないというか……誰かに謀られた可能性だって……」

　そこまで言って、ディルは口をつぐんだ。

「誰かって⁉」

　プリシラはディルに詰め寄る。ディルの言う通り、あの責任感の強いフレッドがすべてを放棄して出ていくなんて、どこか不自然な気もする。

（そうか。誰かに騙されたとか……だとすると、フレッドの身の安全が心配だわ）

「もし、そうなら早く犯人を見つけてフレッドを捜さないと！　なにかあったら大変だわ。……ディル？」

　ディルは難しい顔でなにか考え込んでいた。プリシラに呼びかけられ、はっと我に返ったようだ。

「まぁ……実際はわからないけどな。優等生だからこそなにもかも嫌になったのかもしれないし。俺たちが騒がなくても、捜索の手はずはとっくに整っているだろ」

ディルはなにか思うところがあるくせに、それをプリシラに教えてくれる気はないようだ。あきらかに話を逸らそうとしている。それがプリシラには歯がゆかった。

「気づいたことがあるのなら、教えてよ！　ディルはフレッドが心配じゃないの⁉」

プリシラは思わず大きな声をあげた。ディルの前だと、無意識におてんばだった少女時代に戻ってしまうようだ。

――長い長い沈黙。

「心配ねぇ……ははっ」

ディルは美しい顔をゆがませて笑った。かすかに震える唇、乾いた笑い声が虚しく響く。

「ディル？　どうしたの……」

ディルはプリシラの細い顎を持ち上げると自分のほうを向かせた。吐息がかかるような距離でふたりは見つめ合う。怒り、憎しみ、悲しみ……暗いディルの瞳には負の感情が渦巻いていた。

（――ディル？　なにをそんなに憎んでいるの？　なにがあなたをそんなにも苦しめ

ているの？）

プリシラの胸で、なにかがざわざわとうごめいた。それは不吉な予感めいたもの。ディルの言葉の続きを聞くのが怖いような気がした。

「――父王にも臣下にも、国民からも愛される優秀な兄。身分の低い母親から生まれて厄介者扱いされている異母弟にもそれはそれは優しくしてくれて……ははっ。あいつの失踪をこの国で一番喜んでいるのは俺だろうな。いっそ、二度と戻ってこなければとさえ思うよ」

「ディル⁉　なにを馬鹿なことを！」

「本心だよ。今まで隠していただけだ」

ディルは無理やり口もとだけを取り繕ったような笑みを浮かべると、プリシラの頬をなでた。その指先はぞっとするほど冷たかった。

「ディル！　ちょっと待ってっ」

プリシラが引き止める声を無視して、ディルは入ってきた出窓から、またひらりと外へ飛び出した。

ディルの背中は夜の闇に紛れて、あっという間に見えなくなった。

（――どういうこと？）

ひとり取り残されたプリシラは、ディルの言葉の意味を考えあぐねていた。

ディルがフレッドを憎んでいるだなんて……そんなこと思ってもみなかった。たしかに、ふたりは正反対の性格であまり気が合うほうではないだろう。けれど、フレッドはいつだって問題児の弟を優しく見守っていたし、自由を愛するディルが王位継承者というフレッドの立場をうらやんでいたとも思えない。

(けど、さっきのディルの表情……冗談には見えなかった。私はフレッドだけでなく、ディルの気持ちも全然わかっていないのだわ)

フレッドとディルは異母兄弟だ。ほかに兄弟姉妹はいない。

フレッドの母は四年前に流行病で亡くなった前王妃サーシャ。名門ザワン公爵家の出身で、優しさと賢さを兼ね備え、国民から非常に愛された王妃だった。

サーシャ妃の死後、すぐにアドリル海を挟んだ隣国ソルボンからルワンナ王女が輿入れしてきたが、派手で浪費家な彼女はあまり評判がよくない。国民人気はいまだサーシャ妃が圧倒的である。ルワンナ王妃には、まだ子どもはなかった。

一方、ディルの母は王宮の下働きをしていた中流貴族の娘だった。絶世の美女と評判だったが、控えめな性格で、気の弱いところがあったと聞く。

ミレイア王国に側室制度はないので、ディルの母の立場はただの愛人だ。身分をなにより重んじる宮廷内では、心ない中傷を受けることも多かったのだろう。心労がたたったのか、ディルを生んで一年もたたないうちに彼女は亡くなった。

王子とはいえ、後ろ盾のないディルの立場は不安定なものだった。プリシラはくだらないと思うが、あることを理由にいまだにディルの廃嫡を望む者もいるようだ。

けれど、次期国王のフレッドがディルを弟として、とてもかわいがっているから……反ディル派の者たちも黙るしかないというのが現状だった。ディルの最大の後ろ盾はフレッドなのだ。

(――だからこそ、なのかしら？　ディルは素行には少々問題があるけど、語学も数学も剣の腕も、決してフレッドに引けを取らないもの。口には出さなくても、悔しい思いがあるのかもしれない)

フレッドの行方、ディルの言葉の真意、プリシラにはわからないことだらけだ。様々な思いがぐるぐると頭の中を回り続けるが、思い出すのは昔のことばかり。

十五歳でフレッドの正式な婚約者となるまでは、プリシラはとても自由だった。

すでに様々な英才教育を受けてはいたが、感情を抑え込む必要などはなく、素直でおてんばな少女だった。アナと一緒にいたずらをして叱られたり、ロベルト家の娘ということで王宮にも自由に遊びに行っていた。後から思えば、これはいずれフレッドの婚約者になるから許されていたのかもしれないが。

ふたりの王子に初めて会ったのは、プリシラがまだ十歳にもならない子どもの頃だった。

ふたりとも物語に登場する王子様そのものの、美しく整った容姿をしていた。気品に満ちた白王子と、子どもらしからぬ色気をまとった黒王子。

五つ年上のフレッドはすごく大人っぽく見えた。さらに、彼はなにをやらせても優秀で、プリシラにとっては憧れの存在だった。フレッドのように、みんなから尊敬される人間になりたいと、子ども心にも思ったものだ。フレッドも幼いプリシラを、本当の妹のように、かわいがってくれていた。

ただ、彼はあまりにも完璧すぎて、少し近寄りがたくもあった。実際、フレッドは幼い頃から多忙で、ふたりきりでゆっくり話をする機会はあまり多くなかった。彼はいつも大勢の人に囲まれる、特別な存在だったのだ。

一方で、年の近いディルとは仲よくなれるかもしれないとプリシラは期待していたのだが、ディルのほうには、そんな気はいっさいなかった。むしろ彼は、はっきりとプリシラを嫌っていた。

だけど、嫌われるということは当時のプリシラには貴重な体験だった。名門中の名門、ロベルト家の娘であるプリシラを邪険にする人間など、これまでいなかったからだ。

プリシラはディルに興味がわいた。たとえ『嫌い』の感情であっても、ごまかさず嘘をつかない彼の人柄を好ましくは感じたのだ。そして、それは間違いではなかった。ディルはぶっきらぼうで、無愛想で、口が悪い。ひどいこともたくさん言われた。けれど、彼はいつだってまっすぐにプリシラに向き合ってくれた。

あれはいつだったか。かわいがっていた飼い犬を亡くし、プリシラがひどく落ち込んでいたときだ。

ディルは、プリシラが泣き止むまで、何時間もずっとそばにいてくれた。なにも言わず、じっと見守ってくれていた。ディルはわかってくれていたのだ。プリシラが慰めの言葉など、欲していないことを。

彼のそういう優しさが、プリシラはとても好きだった。気がついたときには、もう恋に落ちていた。

ディルも少しずつ、プリシラに心を開いてくれているように思っていた。

だが、十五歳のあの日、ディルはあっさりとプリシラを振った。そして、プリシラはフレッドの正式な婚約者となり、三人の関係も変化していった。

まず、プリシラはそれまでほど自由な身ではなくなった。自分の感情より、王太子の婚約者という立場を優先せざるをえなくなった。それまでも、公爵家の令嬢としてふさわしいようにと努力はしていたが、それはプリシラ自身の望みでもあったから苦痛ではなかった。だが、王太子の婚約者という責任は少し重かった。時には、投げ捨ててしまいたくなるときもあった。

ディルとは、これまでのようには会えなくなった。もちろん公的な場で顔を合わせれば、言葉を交わすが、お互いどこかぎこちなかった。ディルからすれば、一度は振った女、そして兄の婚約者となった女と親しげに会話するのは、ためらわれたのかもしれない。

彼の女遊びが激しくなったのも、ちょうどこの頃だった。彼と女性の噂を耳にするたびに、いちいち落ち込んでしまう自分がプリシラは恨めしかった。フレッドにも申し訳なく思うが、どうしてもディルを吹っきることができない。フレッドを愛そうと思えば思うほど、胸の内のディルの存在が大きくなっていく。

ディルの顔を見るのはつらい、言葉を交わしても虚しくなるだけ。それにもかかわらず、王宮に出向けば無意識に彼の姿を捜してしまう。そんな日々が続いた。

フレッドは婚約成立後も、変わらず優しかった。ただ、やはり仲のよい兄妹の域を超えることはできなかった。おそらくフレッドにとって、プリシラはいつまでも、かわいい妹であり、女性ではなかったのだろう。

今から思えば、彼はあの頃から、なにか思い悩むことがあったのかもしれない。けれど、プリシラは彼が悩みを相談できる婚約者にはなれていなかったのだ。

（もっと、もっと、フレッドともディルとも話をしていればよかった。こんなふうになってしまう前に、できることがあったかもしれないのに）

後悔の念は止めどなくわいてくるが、もう遅いのだ。フレッドは失踪してしまったし、ディルの言葉の真意を理解することもできない。

パトリシア宮の北端。書庫や武器庫が並ぶ、あまり日のあたらない一角に第二王子ディルの宮はあった。異母兄フレッドの住まう王太子宮に比べると、広さも使用人数も半分以下。王子の住まいとしては寂しすぎるくらいだが、ディル自身は気に入っていた。人目につかないので、自由に動けるのが一番の魅力だ。

ディルは今日もいつも通り、鍵の壊れた裏門からこっそりと宮に戻った。抜け出したところは誰にも見られていないはずと思っていたが、どうやらそれは勘違いだったらしい。

自室の扉の前で、ディルを待ち構えている男がいた。

「なんだ、ばれていたか」

「さすがのディル殿下も、今夜ばかりはおとなしくしてくださると思っていたんですけどね」

ディルのただひとりの側近、ターナは仏頂面で主をひと睨みすると、わざとらしく肩を落とした。ふわふわの癖っ毛に、女の子のような大きな瞳。小柄な体型もあいまってか、同じ年のディルよりずっと年若く見える。が、そのかわいらしい外見に似合わずなかなかの切れ者だ。常に冷静沈着で、長い付き合いのディルでさえターナが動揺したところなど数えるほどしか見たことはない。加えて、彼は腕も立つ。たったひとりで十人分くらいは仕事をしてくれる頼りになる側近だ。

「飲むか？　付き合えよ」

「いい酒を、恵んでくださるのなら」

「フレイア子爵夫人から贈られたワインでどうだ？」

「それなら、喜んでお付き合いしましょう」

ディルはターナを部屋に招き入れ、自分は酒の準備をする。主従関係からいえばターナが動くべきなのだが……。

「私は時間外労働はしない主義ですから。そもそも今日は勝手に部屋を抜け出した殿下の身を案じて、一時間近くも無駄働きをしましたし」

「いちいち嫌みな奴だな。悪かったよ。ほら、お詫びの品だ」

ディルはグラスに注いだワインをターナに差し出した。深みのある紅色と芳醇な香りは最高級ワインの証だ。

ターナは満足気に微笑むと、グラスに口をつけた。こう見えて、彼も上級貴族の子弟だ。その姿はなかなか様になっている。

「あぁ、これは極上の品ですね。フレイア子爵夫人の殿下への愛の深さを感じます」

「金持ちだからな、フレイア子爵家は」

「言っときますけど、今のも嫌みですよ。逆上したフレイア子爵に刺されないよう、身辺には十分注意してくださいね」

ターナの冷たい視線を無視して、ディルは口に含んだワインをゆっくりと喉に流し込んだ。

「まぁ、俺が刺されたところで誰も困らないからいいんじゃないか。遊び相手をなくした女たちは泣いてくれるかもしれないが」

ディルは口ではそう言いつつも、彼女たちは決して涙など流さないだろうなと考えていた。お気に入りのおもちゃがひとつ壊れた程度で泣いたりしないだろう。

もちろん、それはディルのほうも同じだから薄情だとも思わないが。

（……あいつは、泣くだろうか？　俺の死を知ったとき、どんな顔をするだろうか？）

フレッドを思って泣いていた彼女。あの涙の半量でも、自分のために流してくれることはあるだろうか。

（いや、生真面目なプリシラのことだ。色恋沙汰で刺されたなんてことになったら、墓前で説教を始めかねないな）

彼女の言いそうな台詞、そのときの表情まで、容易に想像できてしまう。

なぜだかうれしそうな顔をしているディルに釘を刺すように、ターナは厳しい顔を向ける。

「昨日までなら、その通りですねって答えるんですけど……状況が変わってしまいましたから」

「ん？」

「フレッド殿下の安否がわからないこの状況ですと、あなたの王位継承権は大きな意味を持ちます」

ディルはふっと息を吐いた。

「……なるほどね。だから、いつもは見逃してくれる外出にも文句をつけたわけだ」

「ディル殿下をおとなしくさせろ、御身(おんみ)の安全を確保しろとの命がくだりましたので。宮仕えの私としては、従うしかありませんから」

ターナは悪びれるふうもなく淡々と言った。

「フレッドがどうなろうと、俺が王位に就くことはないだろ」

「なぜです？　あなたの王位継承順位は第二位。フレッド殿下になにかあれば次の王太子はあなたですよ」

「我らがミレイア王国の民は信心深いからなぁ。呪われた王子が王位に就くなんて、貴族はもちろん平民たちも大反対だろう」

「占いだの予言だの、私はくだらないとしか思いませんけど」

「占いじゃなくて、ありがたいご神託だ。国民が信心深いのはいいことじゃないか」

「そうですかね。宗教が力を持ちすぎると、国は滅びますよ」

――呪われた王子。それはディルが誕生した瞬間に、大神官から告げられた言葉だった。本来は神の祝福を受けるという儀式なのだが、ディルは真逆の洗礼を受けた。

『……これは生まれてきてはいけなかった子ども。王都の民が悶え、苦しむ姿が見える。呪われた王子だ。大きな災いをもたらすだろう』

そして、その予言は正しかった。ディルが生まれたその日の夜半過ぎ、王都は大火に見舞われたのだ。小さな火種が強風に煽られ、あっという間に町全体が炎に包まれた。王都は半焼。平民、貴族の別なく多大な被害が出た。最優先で消火活動を行った王宮でさえ一部が燃え落ちたほどだった。

母親の身分が低く、なんの後ろ盾もないところに、この予言だ。冷遇されるのも道理だろう。フレッドの母である前王妃がかばってくれなければ、とっくに廃嫡され捨てられていたに違いない。

だが、ディルは自身の生い立ちを特別どうとも思っていなかった。食うに困らないだけで平民たちよりはずっと恵まれているし、常に注目され品行方正であることを求められるフレッドよりずっと自由で気楽だ。

ただ、自分を生んでしまったことで寿命を縮めた母親と、目の前にいるターナにだけは申し訳ないという気持ちがあった。

「お前も運がなかったな。俺でなくフレッドの側近になれていれば、出世の芽もあっただろうに」

ひいき目なしにターナは優秀だ。家柄も悪くない。その能力が正当に評価されれば、将来的には宰相の地位に就くことだって夢ではないはずだ。自分の側近などでくすぶっているのはもったいないと、ディルは常々思っていた。

が、ターナは出世にはとんと興味がないらしい。

「私は日々をつつがなく過ごせればそれで。フレッド殿下の側近たちの足の引っ張り合いに巻き込まれるのはごめんです」

「お前なら、他人の足を引っ張らなくてもトップに立てるさ」

フレッドの側近たちが無能と言いたいわけではないが、ディルが見たところターナと肩を並べられる者などいやしない。

ディルはそれを正直に言っただけなのだが、ターナは驚いたように目を見張った。いや、非常にわかりづらいが……照れているつもりなのだろうか。ターナは居心地悪そうにうつむいた。

「……お褒めにあずかり光栄ですが、私は今の職務に満足していますから。私のためを思ってくださるのなら、もう少し女遊びを控えて、王子らしくしていてください」

「う〜ん」

ディルは苦笑する。ターナとの会話はいつだって、結局はここに終着してしまうのだ。彼はディルの乱れた生活態度がよほど気に食わないらしい。

（別に女が好きなわけでもないけどな……）

王太子であるフレッドと違い、自分は暇を持てあます身分だ。ほかにすることもないから、寄ってくる女たちと遊ぶ。

呪われた王子であるディルの最良の使い道は他国へ婿に出すことだと誰もが思っているし、ディルもそれに異論はない。だから、恋人をつくろうとも思えなかった。

「でもまぁ……褒めてもらえたことは素直にうれしいので、袖口のそれは見なかったことにしてあげますよ」

ターナに指摘され、シャツの袖口に視線を落とすと、小さな黄色い花が付着していた。

ミモザの宮はその名の通り、敷地内のあちらこちらにミモザが植えられていて、ちょうど見頃を迎えていた。庭を抜けるときにでもついてしまったのだろう。

ディルはそれを振り払おうとして、寸前で指を止めた。太陽のように明るいミモザの花は、プリシラの笑顔を思い起こさせる。ぱっと花開くような、屈託のない無邪気な笑み。かつては惜しげもなく向けられていたその笑顔が、どれほど貴重だったか、ディルは失って初めて気がついたのだ。

プリシラの精いっぱいの気持ちを踏みにじったあの日以来、彼女が心からの笑顔を見せてくれることはなくなってしまった。

ディルは袖口の花をそっとつまみ上げると、胸ポケットへしまった。

その様子をじっと見ていたターナが口を開く。

「……見逃してあげるのは今夜だけですよ。万が一にも事が露見してしまったとき、一番困るのは彼女です。懸命に歩んでこられた次期王妃への道を踏みはずすことになります」

ターナの忠告はもっともだ。彼女の名誉を貶めるようなことはすべきではない。そんなことはディルもわかっている。だが、腹に渦巻くどす黒いものをどうしても消すことができない。

「いっそ踏みはずしてしまえばいい。公爵令嬢の身分も、次期王妃の地位も、すべて失ってしまえば……」

なにも持たないただの女となってくれたなら……そうしたら、彼女を奪って、誰の手も届かない場所でふたりきりで暮らすことができるだろうか。ほんの一瞬、ディルはそんな妄執（もうしゅう）に取り憑（つ）かれた。

「ディル殿下……」

ターナの声にはっと我に返る。

（わかっている。絶対に叶わない甘い夢だ……）

「なんてな。冗談だ。ターナの言う通り、今夜限りにするから心配するな」

なにか言いたげな顔で主を見つめるターナを制するように、ディルは笑ってみせた。

忠告も同情も、今は聞きたくない。

そんなディルの気持ちを察したのか、ターナはなにも言わずにグラスに残るワインを飲み干した。

「私も今夜はこれで。ごちそうさまでした。どうぞ、ゆっくりとお休みなさいませ」

さっと立ち上がると、一礼して部屋を出ていく。

「どこへ消えたんだ、フレッド」

ひとり残された部屋で、ディルはぽつりとつぶやいた。

たとえ身分や地位、すべての枷（かせ）がはずれたとしても、プリシラは自分の手は取らないだろう。幼い彼女が恋していたのは、たしかに自分だった。だけど、今は……大人の女性へと成長した彼女が見つめている相手は――。

つい先ほどの、短い逢瀬（おうせ）を思い出す。こらえきれずに流れてしまった彼女の涙を拭った。すぐそばにいて、たしかにこの手で触れていたのに、彼女の瞳に自分は映ってはいなかった。

フレッドが無事王宮に戻り、予定通りプリシラと結婚する。ふたりはよき王と王妃になるだろう。国にとっても、民にとっても、なによりプリシラにとっても、それが最善の道なのだ。

暗い感情には一刻も早く蓋をして、フレッド捜索に尽力しなければならない。ディルは自分自身に言い聞かせた。

(朝になったら、すぐに王都警備隊に捜索状況を確認しよう。それから、気乗りしないがルワンナ王妃にも話を聞かねばならないか)

フレッドの行方についてあれこれ思いを巡らせてみるが、考えれば考えるほどにわからなくなっていく。

ディルはフレッドが自分勝手に出ていったとは、どうしても思えなかった。誘拐か、そうでなくとも誰かの思惑が絡んでいるような気がしてならない。

フレッドがいなくなって得する人間……まず一番に疑われるのは自分だろう。だが、ディルは犯人ではない。そうなると残るは……ロベルト公爵。フレッドの母方の祖父であるザワン公爵とは長年の政敵であり、フレッドが王位に就くことでザワン家の力が強まるのをもっとも恐れる人物。懐の深い、大らかな男だが、野心家な一面もある。

――プリシラの実父だ。

だが、ザワン家に対抗するためにプリシラとフレッドの婚約を強引に決めたのは彼だった。それで、納得したはずの彼が、今さらフレッドをどうこうするだろうか。

かすかな違和感を覚えつつも、それがなんなのかは見えてこなかった。

　プリシラはふぅと小さく息を吐いた。なんだか、このところため息ばかりついているような気がする。

「昨夜はよく眠れなかったのですか？　顔色があまり優れないように見えますが」

　リズが心配そうに顔を覗き込んでくるので、プリシラはあわてて笑顔をつくった。

「いいえ、ぐっすり眠れたわ。リズのいれてくれるお茶を飲むとよく眠れるの。いつもありがとう」

　ぐっすり眠れたというのは嘘だけれど、リズのお茶に癒されているのは本当だ。まだ短い付き合いだけれど、リズはよく気のつく優秀な侍女だ。今も、長すぎて扱いの難しいプリシラの髪を手際よく編み上げてくれている。

「リズは本当に器用ね。実家で世話をしてくれていた子は私の髪は手に負えないって投げ出していたのよ」

　ロベルト公爵家でプリシラの身の回りの世話をしてくれていたのはアナだったが、うまく結べないからと言って、いつもリボンをかけるだけの髪型にされていた。

公式な席に出るときにはローザが髪を結い上げてくれたものだった。ふたりが懐かしく、恋しかった。

（ダメね。実家を出てまだ三ヶ月なのに、もうホームシックだなんて）

「その方の気持ちもよくわかります。プリシラ様の髪はサラサラすぎてしまって、結うのが難しいんです。でも、本当に美しい御髪（おぐし）ですわ。見てください、今日のドレスにもよく映えます」

リズに促され、プリシラは鏡の前に立った。今日のドレスは初夏にふさわしい涼しげなミントグリーン。たしかにプリシラの淡い金髪によく似合っている。

だが、いったいなんのために自分は着飾っているのだろうか。

美しいドレスを身に着け、髪を整え、化粧をほどこす。すればするほどに、虚しい気持ちになっていく。

あのパーティーの夜からもう三ヶ月。いまだにフレッドの消息はつかめていない。この三ヶ月、王都警備隊だけでは足りずに王国軍の一部もフレッド捜索に駆り出されていた。それにもかかわらず、手がかりさえもつかめていないという状況だった。宮廷貴族たちの間でも、フレッドはもう生きてはいないのでは……という不穏な噂が流れ始めていた。

「大丈夫ですよ。フレッド殿下はきっと元気に戻っていらっしゃいます」

リズはそう言って励ましてくれたが、聡明な彼女のこと。事態がそう甘くはないことに、気がついているだろう。それはプリシラも同じだった。

(フレッドの意思なのか、誰かに連れ出されたのか。それはわからない。だけど、思いつきなどではなく綿密に計算された行動なのは間違いないわよね……いったい、誰がなんのために?)

プリシラなりにいろいろ考えてはみたものの、答えは出ない。フレッドがいなくなるなんて、この国にとって損失でしかないはずなのに。

どれだけ心配しても、フレッドは戻ってこない。自分にできることはなにもない。プリシラは無力感に苛(さいな)まれていた。

「あ、プリシラ様。そろそろ時間ですわ」

「そうね。行かなくちゃ」

今日は父であるロベルト公爵と会う予定になっていた。結婚に向けてのあれこれがすべて延期となっている今、プリシラはミモザの宮で日々を無為に過ごしているだけだ。予定があることはそれだけで気が紛れるし、久しぶりに父と話ができるのもうれしかった。

ミモザの宮は男子禁制のため、正殿内の一室でロベルト公爵とプリシラは面会した。

プリシラは約束の時間より少し早く到着したのだが、どうやら公爵を待たせてしまったようだ。

「お父様。お待たせしてごめんなさい」

「いや、かまわんよ。……元気そうで、よかった」

公爵は愛娘を前に、うれしそうに微笑んだ。が、公爵も今回の失踪騒ぎで、心労がたまっているのだろうか。頬がこけ、少し痩せたように見える。

「お父様はなんだかお疲れのようだわ。無理はしないでね」

「あぁ、ありがとう」

「お母様は？　ローザとアナは元気にしている？」

それからしばらくの間はなにげない雑談に花を咲かせた。母とローザはプリシラがいなくなって寂しそうにしていること、飼っていた犬の出産。それから、なんとアナに縁談が持ち上がっているらしい。

「わ～そうなの！　でも、アナは面食いだから……うまくいくといいけど」

プリシラはクスクスと笑った。

大好きなみんなが元気にしていることがわかって、久しぶりに心から笑顔になることができた。

束の間の楽しいひととき。だけど……公爵は意図的にフレッドの話題を避けている。そのことにプリシラは気がついていた。

父がわざわざ会いにきてくれるなんて、もしかしてフレッドの行方がわかったのかもしれない。そんな期待を抱いていたけれど、どうやら違うらしい。

(よい知らせなら真っ先に教えてくれるはずだものね)

ふいに会話が止まり、公爵はわざとらしくゴホンと咳払いをした。そして、神妙な顔で娘を見やる。

「……お父様?」

「プリシラ。お前とフレッド殿下の婚姻は白紙に戻すことになった」

「……え?」

公爵の表情、声のトーンから楽しい話題でないことは予想していた。だが、結婚の取りやめとは……想定外だった。ミモザの宮に入ってからの婚約破棄だなんて、長いミレイア王国の歴史上でも前代未聞だろう。

「どうして? 私はフレッド殿下が戻られるまで、いつまででも待つ覚悟です」

フレッドのよき妻に、この国の素晴らしい王妃に、ずっとそう言われてきた。期待に応えるべく、精いっぱいの努力もしてきたつもりだ。その歩むべき道のために……捨てたものだってあった。今さら、違う生き方など考えられない。

　公爵は目を伏せ、ゆるゆると首を横に振った。

「フレッド殿下は、重篤な病のため王太子の位をおりることになった。明日、国民に向けて正式に発表する予定だ」

「そんなっ！」

「新しい王太子はディル殿下だ」

(――フレッドが重篤な病？　ディルが王太子？　どうして急にそんなことに？)

「ご、ごめんなさい。あまりにも唐突で、頭が混乱して……。なぜそんなに急ぐ必要があるの？　フレッド殿下は病気なんかじゃないし、きっと無事に帰ってくるわ」

　明日国民に発表すると言っている以上、もう覆ることのない決定事項なのだろう。それでも言わずにはいられなかった。

(だって……認めてしまったら、フレッドはもう戻ってこないと言っているようなものだわ)

「急ぐ必要があるんだよ」

「どういうこと？」

「国王陛下の容態が思わしくないんだ。王宮医師が言うには、いつどうなるかわからないと……。そんな状態で、王太子まで不在というわけにはいかない。国の根幹が揺らぎ、他国に付け入る隙を与えてしまうからね」

陛下の容態については、かなり以前から厳しい状態だと言われ続けていた。もう、ここ半年ほどフレッドが国王代理としてその責務のほとんどを担っていたのだ。

その頼りになる息子が行方知れずになったことで、心も体も一気に弱ってしまったのかもしれない。また、公爵ら宮廷の重鎮たちにとっても、政治・軍事の両面で実質トップに立っていたフレッドの不在は重くのしかかっているのだろう。

「でも……」

「お前もわかるだろう。これは決定事項だ。陛下も承諾なさっている。それから……」

公爵は少しためらうように言葉を止めた。

「なに？」

プリシラが問うと、覚悟を決めたようにきっぱりとした口調で言い放つ。

「ディル殿下の王太子就任の儀が終わり内政が落ち着き次第、お前はディル殿下と結婚することになる。そのつもりで準備をしておいてくれ」

なにを言われたのか、すぐには理解できなかった。だが次の瞬間、プリシラは頭にかっと血がのぼるのを自覚した。

『ディルと結婚⁉　今さらなにを？　振り回すのもいい加減にしてちょうだい』

思わずそう口に出してしまいそうになったが、必死にのみ込んだ。

（わかっている、お父様が悪いわけじゃない。ロベルト公爵家として、娘を王妃にする必要があるだけだ。結婚相手がフレッドだろうがディルだろうが、そんなのはお父様にとって些細なことなのだ）

政略結婚の駒になるのは貴族の女に生まれた宿命。いや、贅沢な暮らしをさせてもらってきた代償として、プリシラが果たすべき義務なのだ。

（相手がディルだからって、感情的になってしまっているのは、私の問題だわ……）

理性ではそう結論づけたが、やっぱり感情は追いつかない。

「――わかりました。でも、どうかフレッド殿下の捜索は続けて。お願い、お父様」

震える声でそれだけ言うのが精いっぱいだった。

「あぁ、もちろん。私たちだって、殿下の無事を祈っているさ。それは変わらない」

公爵は娘を安心させるよう、力強くうなずいた。

「それじゃあ、体に気をつけて。あ、勉強も怠るなよ。お前が次の王妃となることに変わりはないんだからな」

「はい。お父様もお体は大切になさって」

　王宮の正門で、プリシラは公爵を見送った。門前には公爵を迎えにきた馬車が待ち構えていた。そこから出てきたのは、プリシラも知っている男だった。

「これは、これは。プリシラお嬢様、ご無沙汰しております」

　年は三十代半ば、青ざめたような白い肌に尖った鼻と薄い唇。いつもニコニコしているのに、目はちっとも笑っていない。まるで蛇のようだと、プリシラは彼を見るたびに思う。

「お久しぶりね、ナイード」

　プリシラもにこやかな笑みを返したが、それ以上は会話が続かない。

（偏見かもしれないけど、彼だけは苦手なのよね）

　といっても、彼を嫌っているのはプリシラだけで、公爵は彼と親しくしていた。彼は異国の出身の商人で、世界中の珍しい品物を扱っていた。新しいもの好きの公爵は、彼をとても気に入っているのだ。今ではすっかり、ロベルト家のお抱え商人だと周囲にも認識されていた。

「それでは、公爵。まいりましょうか。プリシラお嬢様、どうぞお健やかに」

「ええ、ありがとう」

ふたりの乗った馬車が見えなくなるまで見送ってから、プリシラはそっと踵を返した。

結婚相手が変更になるという異例の事態であっても、ミモザの宮から出ることは許してもらえないらしい。

まっすぐにミモザの宮に戻る気にはなれずに、プリシラは中庭へと向かった。散歩でもしながら少し頭を整理しようと思ったからだ。

晴れた日には小さな虹がかかる噴水、大輪の薔薇が咲き誇る美しい花壇、当代随一の芸術家に造らせた彫刻。贅を凝らしたこの中庭はミレイア王国の自慢のひとつだ。のんびりと歩いているのはプリシラくらいのもので、多くの人間がせわしなく行き交っていた。

（お父様はああ言ってくれたけど……王太子の交代を決めたということは、フレッドが見つかる可能性は薄いということなのかしら？　まさかもう……）

最悪の可能性が頭をよぎり、プリシラは必死でそれを打ち消した。

（大丈夫、大丈夫よ。フレッドはきっと帰ってくる）

今はその可能性にすがるしかなかった。フレッドの安否もわからないままディルと結婚するなんて……。だけど、フレッドが戻る可能性はあるのだろうか。王都警備隊が国中くまなく捜しても見つからないのに？

　ぐらりと足もとが揺らぎ、血の気が引いていく。

「――ですか？　プリシラ様」

「え？」

　突然誰かに名前を呼ばれ、プリシラははっと我に返る。

　倒れかけたプリシラの体をそっと支えてくれているのは、ディルの一番の側近、ターナだった。もちろんプリシラにとってもよき友人のひとりだ。

「大丈夫ですか？　どこかお体の具合でも？」

「あぁ、ありがとう、ターナ。大丈夫よ、少しめまいがしただけ」

　プリシラはターナの手を借りながら、体を起こした。

「本当に？　少し休まれたほうがいいのでは？」

「ううん、本当に平気。今日はコルセットをきつく締めすぎちゃったみたい」

　プリシラは自分のウエストを指差しながら、おどけて言った。生真面目なターナの表情が少し緩む。

「では、少しお話してもいいでしょうか？」

「もちろんよ」

「実は今、ミモザの宮に使いを出すところだったんです」

「そうなの？　私になにか？」

「ええ。我が主、ディル殿下からディナーのお誘いです」

「まぁ！　珍しいこともあるものね」

ディルは堅苦しいものをなにより嫌う。いつかのようにルールを破って、ふらりとプリシラのもとを訪れることはあっても、正式なディナーのお誘いなどは絶対にないと思っていた。

「はい、明日の晩にディル殿下の宮へお越しいただけますでしょうか？　プリシラ様の好物をご用意させていただきますので」

「明日の晩……ということは……」

「ええ、ディル殿下の王太子就任の発表後になります。加えて言えば、王宮内の人間にはおふたりの婚約も同時に発表される予定です」

ターナはにこりともせず、目を伏せた。

（ディルはどう考えているの？　フレッドのこと、王太子就任、私との結婚……話をしたいわ）

「お誘いはありがたくお受けしますと、ディルに伝えてくれる？　もっとも、王太子殿下のお誘いを断る権利は私にはないでしょうけれど」

「ありがとうございます、伝えておきます。明日はミモザの宮まで迎えを出しますね」

プリシラは少し考えてから、思いきってターナに問うた。

「ねぇ、ターナはどう思っている？　今回のこと」

あえて砕けた口調にしたのは、友人としてのターナの意見が聞きたかったからだ。

「ディル殿下の王太子就任ですか？　それともおふたりの結婚について？」

「うーん、両方聞きたいわ」

ターナは苦笑しながらも、質問にはきちんと答えてくれる。

「まず、私は、フレッド殿下は王位にふさわしい方だと思っています。はっきり言って、ディル殿下よりずっと」

「それは同意するわ」

プリシラは大きくうなずいた。

「なので、フレッド殿下が無事に戻られるならそれが一番かと。ですが、そうでないなら……」

ターナは一度、言葉を止めた。そして、プリシラを見つめ、力強く言った。

「ディル殿下は立派な王太子、そしてよき国王になられると思います」

「それは側近としての建前？　それともターナの本心？」

呪われた王子などというくだらない予言は別としても、ディルの素行がよろしくないことは周知の事実だ。

「もちろん後者です。誰が否定しても、プリシラ様だけは私と同意見だと思っていましたが？」

自信たっぷりに微笑むターナに、プリシラも思わず笑ってしまった。

「——そうね。ディルは求められる役割を演じているだけだもの」

呪われた王子、役立たずの第二王子、優秀なフレッドの引き立て役。宮廷が、国王が、国民が、ディルにそれを求めるから応じているだけだ。

「はい。フレッド殿下の代役を求められれば、完璧に。いえ、本物以上にやれる方だと思っています」

フレッドは幼い頃から学問も武芸も完璧にこなす天才だと言われていた。ディルも優秀ではあるが、フレッドには一歩及ばない。教師たちはふたりをそう評していた。だけど、プリシラはとうに気づいていた。おそらくフレッドもだろう。

ディルは自分の能力を上手に調整していた。教師に文句をつけられないレベル、なおかつフレッドよりは前に出ないようにと。第二王子としては正しい行動なのかもしれないが、歯がゆく思うときもあった。ずっと近くで支えているターナはなおのことだろう。

「えっと……違いますよ。あの人はフレッド殿下のためとか、世を乱さないためとか
そんな立派な志は持っていませんよ。単純に自分自身にすら興味がないんですよ」

「一番の側近にこんなこと言われて……仕方ない主人ね」

プリシラが笑うと、ターナもふっと笑顔を見せた。童顔を気にしているせいか、
ターナは普段笑った顔を人に見せない。

（笑うと本当にかわいいんだけどね……なんて言うと、二度と笑ってくれなくなっ
ちゃうか）

「褒めているつもりですよ。権力者が無欲なのは美徳でしょう？」

「ふふっ。褒めているようには聞こえなかったわ」

ディルが王太子になることを、好意的に受け取る人間ばかりではないだろう。

（だけど、ターナがそばにいてくれるなら、ディルはきっと大丈夫だわ）

「あぁ、無欲ではないですね。たったひとつが大きすぎるのかな」

「ん？　なにか言った？」

「いえ、独り言です」

「じゃあ、結婚については？　どう思う？」

　ターナは少し考え込むそぶりを見せた。

「プリシラ様はどう思っています？」

「あ、ずるい」

「答えなくてもいいですよ。ただ……さすがは公爵家のご令嬢だなと感心していました」

　プリシラの葛藤、苛立ち。顔には出さないよう気をつけていたつもりだったけれど、見破られてしまったらしい。

「そうね。ロベルト公爵家のひとり娘という立場を忘れていいのなら……お父様を張り倒してやりたいわ。これまでフレッド殿下にふさわしい女性にってうるさいほど言ってきたくせに」

　フレッドにふさわしい女性になるために、ディルへの思いは必死に断ち切ろうとしてきたのだ。それなのに、今さらディルの妻になれだなんて……あまりにひどい話じゃないだろうか。

「おふたりはよき王と王妃になられると思いますよ。フレッド殿下の失踪などというややこしい事情がなければ、心から祝福したかったのですが」

「そのややこしい事情がなかったら、結婚のけの字も出てこなかったわよ」

「それはたしかに……」

「って、ターナに八つ当たりしても仕方ないわね。ごめんなさい。——ディルによろしく伝えて」

「はい。また明日」

「えぇ、明日ね」


翌日。フレッドに代わり、ディルが王太子となることが正式に発表された。フレッドの国民からの人気は絶大だったため、国中がお葬式のようなムードに包まれ、ディルの王太子就任を祝う声はひとつも聞こえてこなかった。

「これじゃ、ディル殿下が気の毒ですね」

今夜のディナーのためのドレスを一緒に選んでくれていたリズが小さくつぶやいた。

「そうね。でも、事情が事情だし……ディルもわかっていると思うわ」

たしかにディルは気の毒だが、これまで国民のために懸命に王太子としての責務を果たしてきたフレッドを、みなが心配するのは当然のことだろう。ディルもそれは承知しているはずだ。

「プリシラ様。このワインレッドのドレスなどいかがですか？　あでやかでディナーにはぴったりかと。それか、こちらのアイスグリーンのものは？」

リズの差し出してくれたドレスは、今の季節にふさわしい涼やかなアイスグリーンの生地に純白のレースが幾重にも重なる、とても繊細なデザインで、プリシラもお気に入りの一着だった。

「さすがリズ。私の好みをもう把握してくれているのね！　でも、ごめんね。今日はあのドレスにするわ」

プリシラは奥のほうにある、あまり目立たないドレスを指差した。

「これですか？　少し、地味じゃないでしょうか」

リズが広げたそのドレスはくすんだブルーグレー。装飾はほとんどなく、ウエストにゴールドのサテンリボンが巻かれただけだ。

「いいの。これを着るわ。ドレスがシンプルだから、髪は下ろしたスタイルをお願いできる？」

この色はディルの瞳の色だ。彼の隣に並ぶのならば、このドレスがもっとも映えるだろう。

「なるほど。その美しい金髪をアクセサリーにするんですね。とっても素敵になると思います！」

リズもイメージがわいてきたのか、テキパキと準備をすすめてくれる。

ディナーの約束の時刻まであと少し。ディルの宮から迎えの者がそろそろ来る頃だろう。プリシラは立ち上がると、鏡の前でもう一度身だしなみをチェックする。

ドレスにはしわひとつない。サファイアの首飾りも、アンティークの金細工の髪留めも今夜のドレスにぴったりだ。

（こんな状況でも、身だしなみを気にしているなんて……私もどうかしているわ）

プリシラは思わず苦笑する。美しくあること。それは貴族の女にとって、命の次に大事なことなのだ。

身内の訃報を受けて、すぐさま黒いドレス選びを始める母や叔母を、幼い頃は『変なの』と思っていたはずなのに……。

（私もいつの間にか貴族社会に染まっているんだわ。大人になったといえば、聞こえはいいけれど、これでいいのかしら？）

フレッドの失踪もディルとの結婚も、ちっとも納得なんてできていないのに……鏡の前には上辺だけ取り繕って、そつなくやり過ごそうとしている大人な自分がいた。

（ロベルト公爵家の娘として、そうするのが正しいの？　夫が誰だろうが、王妃にな

ることが一番重要なの？　わからないわ）

——コンコン。

部屋の窓が小さく鳴った。迎えの人間が窓から入ってくるわけはないし、鳥かなにかだろうか。プリシラは窓へと目を向ける。

「——ディル⁉」

窓の外にいたのはディルで、こちらに向かってひらひらと手を振っている。プリシラはあわてて駆け寄り、窓を開ける。

「なんであなたが⁉　ミモザの宮に来てはいけないってあれほど……」

「今日はお出迎えっていう立派な理由があるじゃないか」

「まさか本人が来るなんて、思ってなかったわよ」

「あいにく俺の宮は人手不足なんでね」

いつも通りの憎まれ口をたたくディルに、プリシラは内心ほっとしていた。

（どんな顔して会えばいいのって思っていたけど、いらない心配だったわ）

「ほら、来いよ」

ディルはまるで当然のように、プリシラを受け止めるために腕を広げた。

窓から外へ出るなんて、淑女失格だ。だけど……プリシラはためらうことなく窓のれる。

外へその身を投げ出した。ディルの逞しい胸がしっかりとプリシラを受け止めてく

「……重くなったな」

プリシラを抱きかかえたままディルがつぶやく。

「子どもの頃と比べないでよっ」

プリシラはディルの腕をほどきながら、ぷぅと頬を膨らませる。

「そんなに昔じゃないだろ」

ディルはそう言ったが、プリシラには遠い昔のことのように感じられた。子どもの頃は、よくこうしてあちこち冒険したものだ。あの頃は、どうしようもないおてんば娘だとローザに叱られてばかりだった。

プリシラは改めてディルを見つめる。夕闇の空を背景に佇む彼は、思わず息をのむほど美しかった。

ブルーのシャツに黒のベスト。一応ディナーを意識した衣服に身を包んではいるようだ。

「王太子ご就任、おめでとうございます……って言うつもりだったのに、タイミングを逃しちゃったわ」

「俺も。今日は一段とお美しいですね……って言うつもりだったけど、タイミングを逃したな」

「嘘ばっかり！」

ふたりは顔を見合わせて、少し笑った。

「堅苦しい挨拶やお世辞はいらない。普通にしてろ。いい子ちゃんのお前は好みじゃないんだ。――行こう」

差し出されたディルの手を取って、プリシラは歩きだす。

「あなたがすんなりと王太子就任を受け入れるとは思わなかったわ」

「穀つぶしの分際で、自由に生きたいだなんて格好つけるつもりはないよ。……国民には望まれていないだろうが、他国への牽制にはなるだろ」

ディルは淡々とそう答えた。穀つぶしだの、放蕩王子だの、さんざんな言われ方をしているが、ディルは周囲が思うほど馬鹿ではない。王家に生まれた責務と自分の役割はしっかりと認識している。

「王宮での暮らしには慣れたか？　実家のほうがよっぽど贅沢なんじゃないか」

「ふふっ。たしかにそうかも。実家ではお腹を空かせる暇がないほどにお菓子が出てきていたもの」

かつては絶対的な権勢を誇っていたミレイア王家だったが、その力は徐々に失われつつあった。今や、プリシラの実家のロベルト公爵家やフレッドの母方の実家、ザワン公爵家のほうが王宮よりよほど裕福な暮らしをしている。思えば、プリシラは幼い頃から王子であるフレッドやディルとまるで友達のように接してきた。深く考えてみたことはなかったが、これも王家の威厳が薄れてきていることの、表れだったのかもしれない。

プリシラとディルは他愛ない世間話を続けた。

夏の訪れを感じさせる、爽やかな風が吹き抜ける。国王の病、フレッドの失踪、王宮を覆う暗いムードとは裏腹な、気持ちのいい夕暮れだった。

(ディルとこんなふうに散歩しているなんて、なんだか昔に戻ったみたい。もし……もし、婚約者が最初からディルだったら……)

「プリシラ」

婚約者がフレッドではなく最初からディルだったら……。そんななんの意味も持たない、馬鹿な想像は、ディルの呼び声によって中断させられた。

「あぁ、ごめんなさい。なに?」

「わざわざミモザの宮まで迎えに行ったのは、ふたりきりでしたい話があったからだ」

「えっ？」

「人手不足の宮とはいえ、ディナーの席ではターナや給仕の者の目があるからな」

「あぁ、そうよね」

ディルがなにを言おうとしているのか、プリシラには見当もつかなかった。ディルの表情からは、なんの感情も読み取れない。

「お前との結婚の話だが、王太子就任と同様に承諾した。すぐに婚姻の儀の準備に入るだろう」

ディルはまるで他人ごとのように、淡々と語った。

王太子就任と同様に……つまり、責務として結婚を受け入れたということか。それはプリシラも同じだった。

それなのに……プリシラは両手でぎゅっと胸もとを押さえた。なぜ、この胸は鈍い痛みを訴えてくるのだろう。

ディルはそんなプリシラの様子には気づかず、皮肉めいた笑みを浮かべた。

「まぁ、この婚姻は形だけのものだ。お前が心の内に誰を思っていようが……なんなら外に恋人をつくろうが、俺はちっともかまわない。俺のほうも……自由にさせてもらう」

形だけの婚姻。なにも自分たちだけに限った話ではない。王族や貴族の結婚などは、みな利害関係に基づく政略結婚なのだ。仲睦まじい夫婦もいないわけではないが、恋人を外に求めるのは、上流社会では普通のことだった。

ディルに言われるまでもなく、そんなことはプリシラだって百も承知だ。彼が恋人たちとの関係を続けていくことなど、容易に想像できることだった。

それにもかかわらず、プリシラは自分の心がすうっと冷えていくのを感じた。

『もちろん。私のほうもまったくかまわないわ』

なんでもない顔をして、そう答えたいのに、うまく言葉を紡ぐことができない。

(わかっていたことじゃない。ディルは最初から私にはなんの感情も抱いていない。私はとうの昔に振られているんだから……)

フレッドのことがなくとも、たとえ最初からディルが婚約者だったとしても、きっと今と同じ台詞を突きつけられたことだろう。

義務としての結婚。彼はプリシラの心など欲してはいないのだ。

「――そうね」

震える声で、それだけ返すのが精いっぱいだった。

気がついてしまったから。こんな結婚は不本意だと、フレッドを待ち続けると言いながら……心の片隅でディルとの結婚をうれしく思っている自分に。

(なんて馬鹿で、最低な女なんだろう)

プリシラは激しく自分を責めた。そして、心に固く誓った。

(ディルへの気持ちには、蓋をしよう。もう二度と開けてはいけない。しっかりと鍵をかけて、心の奥底に沈めてしまおう)

立派な王太子妃として、国民のために生きればいいのだ。感情は捨てて、責務を果たすことだけを考えればいい。


ディルの宮に入り、ディナーの席に着く頃には、プリシラの顔つきはすっかり変わっていた。今、ディルの目の前にいるのは、幼なじみのプリシラではなく、この国で一、二を争う名門ロベルト公爵家のご令嬢だった。

「ディル王太子殿下。改めまして、このたびは本当におめでとうございます。私も妃として、少しでも殿下のお役に立てるよう努力してまいりたいと思っています」

プリシラはあでやかな笑みとともに、そんな型通りの祝福の言葉を贈ってよこした。

美しい所作、完璧な食事マナー、高い教養をうかがわせる会話。一分の隙もない完璧な王太子妃の姿に、給仕の者たちからは感嘆のため息が漏れた。

ディナーは和やかに進んでいるかに見えたが、ディルは終始、居心地の悪さを感じていた。

（人形と食事して、うまいわけあるかよ……）

昔のプリシラは、思っていることがすべて顔に出てしまうような、天真爛漫な少女だった。それが、いつの間にか、感情を押し殺して、仮面をかぶるようになってしまった。次期王妃としての立場を考えれば、仕方のないことかもしれない。

だが、自分の前ではそんなふうにさせたくない。ずっとそう思ってきたし、実際に、プリシラはディルの前では昔のままの彼女だった。その事実は、ディルの乾いた心をほんの少し満たしてくれていた。

だが……これからはディル自身もプリシラを縛る枷になってしまうのだ。プリシラはフレッドの帰りを待ちたかったはずだ。彼女がその気持ちを口にすることすら許さず、望まない結婚を強いる。

ディルは細く息を吐いた。

『フレッドさえいなければ……』

そう思ったことは一度や二度じゃない。そして、神か悪魔かは知らぬが、その願いは聞き入れられてしまった。ディルはたったひとつの、欲しかったものを手に入れようとしている。恋い焦がれた女が自分の妻になるのだ。

(妻か……形だけ手に入れても、虚しいだけだな。こんなものは望んでいない)

フレッドを思っていてもかまわない。心までは望まない。プリシラに言った言葉は、半ば自分自身に言い聞かせるためでもあった。手の届かないものを欲しても、苦しくなるだけだと知っているから。

それに、これ以上、プリシラを苦しめたくはなかった。せめて心の中くらい、自由にさせてやりたかった。

ディルは対面に座るプリシラをちらりと見た。ちょうど最後のひと皿を食べ終えた彼女は、ワイングラスを持ち上げ、唇を寄せた。その唇がやけに赤く、なまめかしく見えて、ディルは目を逸らせなくなってしまった。

すると、視線に気がついたのか、プリシラもまたディルを見返した。キラキラとしたまばゆい輝きを放つ、最高級のペリドットのような瞳。

——この美しい瞳に、未来永劫、俺だけを映していて欲しい。

それは、幼い頃から執着心というものを持たなかったディルが、唯一抱いた願いだった。これ以外に望むものなど、後にも先にも、なにもないだろう。

「な、なにか?」

プリシラが少し戸惑った顔で言った。ディルはふっと笑って、首を横に振る。

「いや。なんでもない」

(この気持ちを言葉にする日は……永遠にこないだろうな)

「俺は数日内に王太子宮に移る。お前は慣例にならって、婚姻の儀がすべて終了してから、だな」

「わかったわ。そのつもりで準備をしておきます」

ディナーを終えてミモザの宮に戻ろうとするプリシラに、ディルは今後のスケジュールを簡単に説明した。

王族の婚姻の儀は、煩雑で、やたらと時間がかかる。自分たちは事情が事情なので、派手なパーティーなどはすべて自粛することになるが、それでもすべてを終えるのに一ヶ月ほどはかかるだろうか。

一ヶ月後には、ディルとプリシラは同じ宮で生活をともにすることになる。

「あぁ、それからな――」

「なぁに?」

「……いや。今夜は付き合わせて悪かったな。ターナに送らせるが、気をつけて帰れよ」

ディルはあることを言いかけたが、思い直した。わざわざ言わなくとも、王太子宮で暮らし始めればすぐに耳に入ることだ。

「ありがとう。けど、心配しないで。ターナと互角に戦える相手なんて、王宮内ではあなたくらいでしょうから」

プリシラはくすりと笑った。その笑顔から王太子妃の仮面は消えていて、ディルをほっと安堵(あんど)させた。

ターナに護衛されて宮を出ていくプリシラの背中を、ディルはいつまでも見送っていた。

結婚式を明日に控えたその日、プリシラは国王陛下と王妃に謁見することとなった。祝福の言葉を賜るという、婚礼の儀式のひとつだ。

いかにロベルト家の娘といえども、国王夫妻と言葉を交わすなど初めてのことだった。数段高い位置にある玉座を前にすると、緊張で足が震えた。

「よい、顔を上げよ」

陛下に促されて、まずはディルが、続いてプリシラも、おそるおそる前を向く。真紅の絨毯(じゅうたん)の上に黄金に輝く玉座が置かれ、そこに座る陛下が自分たちを見下ろしていた。

陛下の姿にプリシラは少なからず衝撃を受けた。数年前の建国祭で、王宮のバルコニーから姿を見せたときとはすっかり別人のようになっていたからだ。恰幅のよかった体は痩せ細り、恐ろしく感じるほどだった力強い声も弱々しくしゃがれていた。病がかなり進行していることは、隠しようもなかった。

それでも陛下は気丈に、祝福の言葉を述べた。決まりきった文言の後に、ひと言だけ陛下自身の言葉も聞かせてくれた。

「ロベルト家の娘よ。そなたがよき王妃となることを期待している」

「はい。偉大なる陛下のミレイア王国のため、誠心誠意尽くすことを誓います」

だが、プリシラには言葉をかけてくれた陛下がディルのことは最後まで目に入れようともしなかった。ディルはそれを気にもとめていなかったが、それが余計にこの親子の確執を感じさせて、プリシラは心が痛かった。

陛下の隣に座るルワンナ王妃は、噂通りの派手な女性だった。胸もとに重ねたいくつものネックレスがギラギラと異常なまでに輝いている。彼女は今二十九歳。年が離れすぎているせいか、陛下と並んでいてもあまり夫婦という感じがしない。

彼女は心ここにあらずといった感じで、ぼんやりと宙を見つめていた。興味がないのか、もともと無口なだけなのか、プリシラには判断がつかなかった。

「ルワンナ王妃はいつもあんな感じなの?」

部屋を出てから、小声でディルにたずねてみた。

「そうだな。俺はあまり好かれていないらしい。会話らしい会話はしたことがない。まぁ、義理の息子なんて厄介に思うのが普通だろ」

プリシラはルワンナ王妃を少し怖いと思ったが、それはディルには言わないでおいた。

ひと月にもわたる、様々な儀式のラストを飾るのが大聖堂での結婚式だ。これまでの儀式は、あまり派手に騒がないようにとの配慮のもとで行われてきたが、この結婚式だけはそうもいかない。各国から要人を招待している手前、国の威信をかけて盛大にやらざるをえないのだ。多くの人と金が動いた結果、王宮はまぶしいほど豪華絢爛に飾り立てられていた。

王宮中の人間が昨夜から一睡もせずに、働き続けている。

(ぼんやりしているのは、私だけね)

お祭りの中心にいるはずなのに、なんだか遠い世界の出来事を眺めているような気分だった。目の前の重い扉が開けば、始まるのは自分の結婚式だというのに、実感がわかない。

「ずいぶんと重そうだな」

王族の正装に着替えて登場したディルが、プリシラの花嫁衣装を見やりながら言った。

「ええ。立っているだけで、精いっぱいよ」

決して大袈裟に言っているわけではない。王家に輿入れする花嫁が着るドレスは代々受け継がれているものなのだが、嫁いびりなのかと問いたくなるほどの重量だった。

国花であるミモザの意匠が織り込まれた生地に、数えきれないほどの宝石が縫いつけられている。ヴェールもトレーンも、プリシラの身長の何倍もの長さがある。

「極めつけは、このティアラね」

プリシラは苦笑しながら、自分の頭を指差した。このティアラはミレイア王国の国宝のひとつに数えられる由緒ある品なのだが、これがまたびっくりするほど重かった。

「なにせ、この花嫁衣装を着た状態で笑っていられることが王妃の条件って言われているらしいからな」

「たしかに。予想以上に難しい条件だわ」

「こっちも堅苦しいが、お前よりマシか」

ディルは自分の服の襟もとをつまみながら、言った。

ディルの着ている王家の正装はいわば軍服だった。もちろん儀式用に装飾されていて、実戦で着るものとはもはや別物ではあるが、王家の色である紫の軍服に白いマントを羽織り、腰には長剣を携えている。

普段のディルからは想像できないその姿は、はっとするほど美しく、プリシラも思わず見とれてしまった。

そんなプリシラに気がついたのか、ディルはにやりと笑って言った。

「似合うだろ?」

「自分で言わないでよ」

たしかに似合うけれど……とプリシラは思ったが、悔しいので口には出さない。

「ふっ。俺は思わず惚れそうになったけどな」

「え?」

「お前の花嫁姿。よく似合ってるよ」

言いながら、ディルはプリシラの顔を覆う、長いヴェールを整えてくれる。

深い意味などない、社交辞令のようなものだろう。そう思いつつも、なんだか照れてしまって、素直に「ありがとう」と言えなかった。

(どうして、ディルの前だと素直になれないのかしら)

「あぁ、始まるみたいだな」

ファンファーレと盛大な拍手に反応して、ディルが言った。プリシラと同じく、彼もまた、自分の結婚を他人ごとのように、とらえているらしい。

(結婚式……私は今日、ディルの妻になる)

複雑な気持ちだった。結婚式までにフレッドが戻ってきてくれれば……と思いながら今日まで過ごしたが、やはり叶わぬ願いだった。もっとも、フレッドが戻ったからといって、今さらディルとの結婚が中止になるかどうかはわからないが。

「行くぞ」

ディルに促され、プリシラは大きく開かれた扉から大聖堂へと足を踏み入れた。

一歩でも人前に出てしまえば、プリシラは自分の意思とは無関係に、理想的な王太子妃の仮面をかぶれてしまう。この重苦しい花嫁衣装を着て、プリシラ以上に優美に微笑むことができる女などどこにもいない。

結婚式はつつがなく終了した。各国の要人たちは、ミレイア王国の国家としての盤石さを再認識したことだろう。さらに、現王になにがあっても、次代には才覚あふれる王と王妃が控えていることも理解したはずだ。

「来ない……って、そんなのあり？」

赤いビロード張りの豪奢なソファに腰かけたプリシラは、思わずひとりごちた。

王太子宮の最奥、『黒蝶の間』。代々の王太子妃のための部屋だ。今夜からは、プリシラがここの主となる。

そして、夫となったディルとこの部屋で、初めての夜を過ごす――はずなのだが、肝心の夫が一向に姿を見せなかった。

プリシラは部屋の中央にかけられた柱時計に目をやり、ふぅと大きなため息をついた。

（形だけの結婚って、こういうことなのね。もう待っていても仕方ないし、先に寝てしまおうか）

プリシラは羽織っていたガウンを脱ぎ、髪をほどいた。ふと、左手の薬指にはめられた指輪に目をとめる。ミレイア王国の習わしに従い、結婚式で交換したものだ。めったに採掘されないという、希少なブルーダイヤモンド。じっと見つめていると、吸い込まれてしまいそうだ。淡い青色とその妖しいまでの輝きは、たしかにディルの瞳に少し似ているかもしれない。

ディルの瞳に似たブルーダイヤモンドとプリシラの瞳に似たエメラルド。平民同士ならともかく、王族の結婚など準備はすべて臣下が担う。ブルーダイヤモンドもエメラルドもディルやプリシラが選んだわけではなく、用意されたものだった。だからだろうか。かつてあんなに憧れていたその習わしを、プリシラは指輪交換のその瞬間まで、すっかり忘れていたのだ。

　そして、指輪を見て、ひどく動揺してしまった。ディルにエメラルドの指輪をはめるプリシラの手は、かすかに震えていた。

（人前では完璧でいられる自信があったけど、まだまだ甘かったわ。でも……エメラルドでよかった。用意された石がペリドットだったら、もっと惨めな気持ちだったはず）

　プリシラの瞳にもっとも近い色合いの石はペリドットだが、エメラルドのほうが宝石としては格が上だ。

　王太子が身に着けるのだから、より高価なものを。エメラルドが選ばれたのは、ただそれだけの理由だろう。だが、プリシラにとってはありがたい配慮となった。

（いらないと突き返されたものを、また贈るなんて、あまりにも惨めだものね）

「さぁ、本当にもう寝てしまおう」と、プリシラはソファから立ち上がった。天蓋付きの巨大なベッドはひとりで眠るには大きすぎるが、仕方ない。

　そのとき、かちりとノブの回る小さな音がした。ノックもなしにこの部屋を開けることが許される人物など、ひとりしかいない。

ドクン、ドクンと胸が早鐘を打つ。信じられないほど、その速度は上がっていく。

「なんだ。起きていたのか」

ディルはあっけらかんと言った。新婚初夜の妻に待ちぼうけを食らわせたことなど、なんとも思っていないようだ。

(なによ、もうっ。私ばっかり……)

恐怖と緊張、様々な感情でプリシラの心は乱れていた。そんな自分とは対照的に、いつもと変わらない顔をしているディルが憎らしい。

(これぱっかりは……悔しいけど、経験値の差かしら。遊び慣れているディルが余裕なのは当然よね)

「今寝ようと思っていたところよ」

プリシラは言いながら、ディルに背を向けた。口調だけは平静を装ってみたが、顔は見られたくない。

「ふぅん。待っていてくれたわけじゃないのか」

背中越しに届くディルの声がやけに艶っぽく感じるのは、気のせいだろうか。

「ち、違うわよ。本を読んでいたの。けど、もう眠くなったから……」

プリシラはそそくさとベッドへ向かおうとするが、足もとをよく見ていなかったせいで、つまずいてしまった。

「きゃっ――」

大きく前に傾いたプリシラの体は、そのままだったら派手に転んでいただろう。が、そうはならなかった。うしろから伸びてきたディルの腕が支えてくれたからだ。

「ごめんなさい。ありが……」

礼を言おうと振り返ると、予想外の近さにディルの顔があった。

息づかいが聞こえてきそうなその距離に、ますます動揺してしまって、プリシラは視線を逸らした。

「ひどいな。ひとりで先に寝るつもりなのか？　今夜は一応、新婚初夜だろ」

「え？　だって……この結婚は形だけだって。そう言ったのはディルじゃない」

「俺は別にどっちだってかまわないが……完璧な王太子妃であるプリシラ嬢は初夜も完璧にやり遂げるもんだと思っていたな」

その言葉にかっとなって、ディルを見返すと、彼は意地の悪い笑みを浮かべていた。

「それならっ、どうしてもっと早く来てくれないのよ⁉　私だって、それなりに覚悟はしていたのに、あなたがちっとも来ないから……それが答えだと思ったのよ」

張りつめていた糸がぷつりと切れてしまったように、むき出しの感情をぶつけてしまう。

「経験豊富なディルと違って、私はなにもかも初めてなんだから！　覚悟を決めるのにも時間がかかるのよ」

どっちでもかまわないなんて言えてしまうディルとは違うのだ。こんなふうにかき乱されたら、心臓がもたない。

「覚悟なんて、必要ないよ。全部、俺に任せておけばいい」

ディルは優しくプリシラの髪をなでると、白い首筋に唇をはわせた。

「ま、待って」

「結婚するってことは、こういうことだろう」

ディルの指先がプリシラの胸もとのボタンにかかる。

（そうよ。もちろん、頭ではわかっていたわ。だけど、やっぱり……）

相手がディルということに、無意識に甘えていたのだ。覚悟なんて、本当はちっともできていなかった。

「こ、怖い……」

プリシラの大きな瞳から、ポロポロと涙がこぼれる。頬をつたって落ちた水滴は、ディルの手の甲を濡らした。

ディルは、はっとしたように顔を上げ、プリシラを見た。怯えて震える彼女を前にして、くしゃりと頭をかいた。

「――ごめん」

驚くほど優しい声が落ちてくるのと同時に、プリシラの体は温かいものに包まれた。ディルに抱きしめられているのだと気がつくまで、ずいぶん時間がかかってしまった。

「悪かったよ。予想外にかわいい反応を見せるから……からかってみたくなった。もうなにもしないから、頼むから、泣くな」

彼らしくない、いつになく真摯な口調だった。

ほんのひととき、プリシラはディルの優しい抱擁にその身を委ねた。

「落ち着いたか?」

ディルの言葉に、プリシラは無言でうなずく。

「俺はこのソファで寝るから、お前はベッドでゆっくり眠れ。部屋から出ていけと言いたいところかもしれないが、そこは我慢してくれ。ここの女どもに殺される」

女どもとは、王太子宮仕えの女官たちのことだろう。人手不足だったディルの宮と違い、こちらには口うるさいベテラン女官が大勢いる。新婚初夜をすっぽかしたと、彼女らに知られたら大騒ぎになるだろう。

ソファに仰向けに寝転んだディルは、小さくため息をついた。

(——まいった。あんなふうに素直な反応をされるとは、思ってもいなかった。あやうく、理性を失うところだった)

遅れてきた自分に対し、あんなに感情的に怒ったことも、初夜が怖くて涙を流したことも、今夜のプリシラの反応は、すべてが予想外だった。いつものあの、完璧な仮面で、そつなく対応されるものとばかり思っていたから……かわいくて、たまらない。

「ふぅ……」

目を閉じてはいても、どうにも寝つけなかった。

長身のディルが寝床にするにはソファが狭すぎるせいもあるが、それだけではない。照明を落とした静かな部屋にいると、否が応でもプリシラの存在を意識してしまう。彼女のたてるかすかな衣擦れの音がやけに大きく響くような気がする。

プリシラもまだ起きているようだった。

「……ディル？　起きている？」

凛(りん)とした、涼やかなプリシラの声がまっすぐ耳に届いた。どきりと心臓が跳ねたが、ディルはなんでもないそぶりで答える。

「寝ているよ」

「もうっ」
暗くて表情までは見えないが、プリシラがベッドから体を起こしたことはわかった。
「やっぱり、こっちに来たら？」
「——は？」
不覚にも、一瞬、頭が真っ白になった。思わず、間抜けな声が出てしまう。
「だって、よく考えたら……王太子殿下をソファに追いやって私がベッドを占領って
おかしいわよね。立場を考えない場合でも、体が小さい私がソファに行くべきじゃな
いかしら？」
プリシラ本人は大真面目のようだが、ディルはどっと肩の力が抜けていくのを感じ
た。
「——そっちかよ」
プリシラには聞こえない声で、小さくぼやいた。
彼女は正真正銘の箱入りお嬢様だ。それも、こじ開けることなど不可能な、鉄製の
頑丈な箱だ。
ディルの遊び相手の経験豊富なマダムたちとは違うのだ。自分の台詞が男の耳には
どう聞こえるか……なんて、考えもしないのだろう。

そんなことはわかっていたはずなのに、やすやすと翻弄されている自分が情けなかった。

昔からそうだった。プリシラはいつだって無邪気に、自覚なしに、ディルの心を乱していくのだ。

「俺は大丈夫だから」

「でも……あ、それならベッドを一緒に使うのはどう？　このベッド、やたらと大きいし。私はこっちの端で寝るから」

「あのなぁ」

「ね？　ふたりで使っても、十分ゆったり眠れるわよ」

名案だとでも思っているのだろうか。プリシラは得意げな口調で、そう言った。

『なにもしない』というディルの台詞を信じきっているのだろう。

（——純粋すぎるというのも、重罪だな）

「いいから。余計なこと考えずに、さっさと寝ろ」

ぶっきらぼうに吐き捨てると、くるりと体を反転させ、プリシラに背を向けた。

さっさと寝てくれるのが、ほかならぬディルのためでもあるとわかって欲しい。

「そう？　じゃあ、おやすみなさい」

同じベッドで眠るという馬鹿げた提案はあきらめてくれたようだが、プリシラは体を起こしたままだ。

おやすみと言いつつも、眠る気はないらしい。

「なんだ？　まだ、なにかあるのか？」

痺れを切らして、ディルもソファから起き上がりプリシラのほうへ向き直った。

薄闇の中に佇むプリシラの白い体は、儚げで、今にも消えてしまいそうだ。もともと華奢な体つきだったのに、いろいろあったせいでさらに痩せてしまっていた。

「ねぇ、ディル。――フレッドはどこにいるのかしら？　どうして帰ってこないの？」

プリシラはぽつりとつぶやく。まるで迷子の子どものようだ。

「さぁな。貴族たちはみな、フレッドはもう生きてはいないと思ってるようだけど」

心配ない、きっと帰ってくる。そう言って優しく慰めてやればいい。たとえ気休めでも、プリシラはそれを求めているのだ。

わかっているのに、突き放すような冷たい言葉を吐いてしまったのは……こんな状況になっても、いまだ消せないフレッドへの嫉妬ゆえか。

〝フレッドのことなど忘れて、俺の妻として生きろ〟

いっそのこと、そう言って、抱きしめてしまおうか。

プリシラの気持ちなど無視して、無理やりにでも自分のものにしてしまえばいい。フレッドを思い出す間もないほどに、愛して、愛して、溺れるほどに満たしてやれば——。

だが、ディルの口から出たのはまったく違う言葉だった。

「ミモザの宮にこもっていたお前は知らないだろうけど、今一番有力視されているのは、フレッドは暗殺されたって説だ」

「そんな……フレッドはこの国に必要な人間よ。いったい誰がそんなことをするというの⁉」

ディルは唇の端だけを持ち上げて、薄く笑った。

「フレッドがいなくなって得した人間……いるじゃないか、お前の目の前に」

「馬鹿なことを言うのはやめて！　冗談にしたって、悪趣味だわ」

「そう言われてもね。宮廷では、俺が黒幕だって噂で持ちきりだよ。まぁ、現実にフレッド失踪の恩恵を一番受けたのは俺だしな」

「なにをのんきな……ちゃんと否定して！　証拠もなく人を犯人扱いするなんてひどいじゃない」

「俺が犯人じゃない証拠もないいさ」

「ディル！　いい加減にして。あなたがフレッドを……なんて、考えたくもない」

なぜ、こんな言い争いをするはめになったのか。ディル自身もよくわからなかった。

宮廷内でディルがあれこれ詮索されているのは事実だが、ディルの口から伝えなくとも、プリシラもじきに知ることになっただろう。

（あぁ、そうか……）

ディルは腕を伸ばした。届きそうで、届かない。この距離は……耐えがたい。

ならば、こっぴどく嫌われてしまいたい。どんなに望んでも手に入らないものなら、目に入らないようにするほうがずっと楽だ。

仲よく同じ部屋で眠ることなど、もう二度とないように――。


「おはようございます。朝食の用意ができました」

着替えを済ませたプリシラのもとに、リズが食事を運んでくれる。

王太子宮にはたくさんの侍女がいるが、プリシラはミモザの宮から仕えてくれているリズに一番心を開いていた。

「ありがとう、リズ」

「昨夜はよく眠れましたか？」

「うん。ぐっすりよ。――どうかしたの？」

リズの微妙な表情に気がつき、プリシラはそう声をかけた。リズはためらいがちに口を開く。

「あ、あの……王太子殿下はどういうつもりで……」

「あぁ、なんだ。そのことね。よかった！　あんまり思いつめた顔しているから、あなた自身になにかあったのかと思ったわ」

プリシラがやわらかな笑みをリズに向けると、リズはあわてたように首を横に振った。

「いいえ、私はなにも！　差し出がましい口をきいて、すみません。ただ、プリシラ様を放っておくなんてどういうつもりなのかと……」

職務熱心な彼女らしい。リズは憤っているのだ。初夜以来、一度も顔を出さない王太子殿下の態度に。

結婚式からもう半月。プリシラはあの夜以来、一度もディルと話をしていない。

公式な場である宮廷で姿を見かけることはあっても、夜はどこでなにをしているのかも知らなかった。私室で真面目に公務でもこなしているのか、相変わらず夜毎、違う女のもとへ通っているのか……。

「いいのよ。ディル殿下はもともとそういう方だから。元気にしている証拠だわ。毎日、律儀に通われたりしたらかえって困ってしまう」

プリシラはクスクスと笑いながら、言う。その顔は、無理して強がっているようにも見えず、リズは黙るしかなかった。

よくわからない世界だが、高貴な夫婦とはこんなものなのかもしれないと、リズは自分を納得させた。

実態はどうあれ、夫婦で過ごす初めての夜に、なぜあんなふうな言い争いをしてしまったのか。原因をつくったのはもちろんディルのほうだと思うが、乗ってしまったのはプリシラの落ち度だ。

王太子妃の振る舞いとしては、子どもだったと言わざるをえない。そもそも、初夜が怖くて泣くというのも、ありえない態度だったかもしれない。

最初はそんなふうにプリシラも反省し、ディルに謝ろうかなどと殊勝なことも考えていたのだ。が、気が変わった。というより、気がついてしまった。

名ばかりの夫婦。会話どころか顔すら合わせない。正常な夫婦関係ではないだろうが、自分たちにはこの距離が最適なのかもしれないと。

先ほどリズに言った言葉は嘘ではない。もし、ディルが毎晩この部屋を訪ねてくるようなことになったら、プリシラは困り果ててしまうだろう。

どんな顔をして、どんな態度を取るのが正解なのかわからない。ディルへの気持ちに蓋をして、完璧な王太子妃となることを決めたのだ。ならば、気持ちを乱す原因を取り除くのが一番じゃないか。

（ディルに、ディルにさえ会わなければ、私はきちんと王太子妃でいられるもの。ディルなんて……ペースを乱されるばっかりだし、会わなくていい。そのほうがいいんだわ）

朝食を終えたプリシラは、大きな荷物を抱えて、黒蝶の間を出た。母の旧友であるジーナ男爵夫人のもとへ向かうためだ。

子どものいない男爵夫人が我が子のようにかわいがっている姪っ子の結婚が決まったというので、祝いの品を届けるためだ。中身はプリシラの手縫いのウエディングヴェールだった。

『先に結婚した花嫁から贈られた品を身に着けると、幸せになれる』というジンクスにあやかったつもりだが……。

「頑張って作ってみたけど……私の手作りなんて、かえって縁起が悪いかしら？　私たちは、仮面夫婦もいいとこだものね」

プリシラは苦笑した。そして、このヴェールを身に着ける花嫁が自分のように虚しい結婚生活を送らないよう、祈った。

「どうか、幸せに……」

近道をしようと、中庭の裏手の小道に差しかかったとき、数名の女たちがなにやら楽しそうに噂話をしているのが目に入った。

聞き耳を立てるつもりはなかったが、甲高い声がはっきりと聞こえてくる。なんの話かも、すぐにわかってしまった。

「怖いわよね。自分の地位のために実の兄を手にかけるなんて」

「フレッド殿下はそれは立派な方だったのに。ディル殿下より、絶対にずっとよい国王になられたはずよ」

「だいたい、ディル殿下が王子の身分でいられたのはフレッド殿下のおかげでしょう。さすがは呪われた王子だわ。恩を仇で返すとはこのことね」

彼女たちはフレッドの母方の祖父、ザワン公爵家に近しい家の者ばかりだ。フレッドとも親しくしていたのだろう。

（だからといって、王宮内でこんなに堂々と王太子殿下の陰口を言うなんて……）

ディルの言う通りだった。ミモザの宮にいたプリシラはなにも知らなかったが、今、王宮内には様々な憶測や噂話が飛び交っている。

フレッドは病と発表されたが、それを信じているものは王宮内にはいない。いや、もしかすると王都の市民にすら知れ渡っているのかもしれない。みな、フレッドが失踪したことを知っている。そのうえで、様々な噂話を楽しんでいるのだ。

娼館の女との駆け落ち、敵国のスパイに拉致されたなどという突拍子もない話も多かったが、やはりディルが黒幕だという説を語る人間が一番多い。

それも、彼女たちのように、まるでそれが真実であるかのように話すのだ。

嘘か本当か知らないが、ついに王都警備隊がディルを調査し始めたという話も耳に入ってきた。

こんなに堂々と陰口をたたかれていることを考えても、王宮内でディルの立場は非常に危うくなっているのだろう。もともと、後ろ盾がなく味方も少ないのだ。

「あの男が王位を継ぐなんて、ありえないわ。この国まで呪われてしまう」

「あなたたち。いい加減に——」

エスカレートする陰口に耐えかねて、プリシラは声をあげた。

フレッドの失踪が悲しいのは同意するが、ディルも彼なりに国を思っている。呪われた王子などという、くだらない迷信で、彼を貶めることは許せなかった。

プリシラの存在に気がついた女たちは、あわてて口をつぐんだ。さすがに妻であるプリシラに聞かれては気まずいのだろう。

「あ……その……」

とっさの言い訳も出てこないようだった。

プリシラはしっかり灸を据えてやろうと思っていたのだが、意外な人物がそれを邪魔した。

「失礼。妻が歓談の邪魔をしたようだね」

プリシラの口もとを塞いだ大きな手は、ディルのものだった。

「ひっ。ディル王太子殿下……」

彼女たちの顔面から血の気が引いていく。それとは対照的に、ディルはふわりと優しく微笑んでみせた。

「大丈夫。俺は近頃、この美しい新妻に夢中でね、ほかの女の顔はまったく覚えられないんだ」

言いながら、プリシラの髪にそっと唇を寄せた。

ディルの香りに包まれ、それに呼応するようにプリシラの体は熱くなっていく。足もとから力が抜けていくようだ。

ディルと女たちはなにやら会話を続けているが、まったく耳に入ってこない。

（お、落ち着いて。たかが口が少し触れただけじゃない。こんなに動揺するようなことじゃ……）

「おい、どうした？」

プリシラがはっと気がつくと、ディルが不思議そうにこちらを覗き込んでいた。

「あれ、あの子たちは……」

「もう行ったよ」

ディルは彼女たちが走り去った方向を見つめながら言う。

「ふぅん。妻以外の女性には、ずいぶんと優しいのね」

プリシラの口調はいつになく刺々しかった。けれど、それも仕方ないだろう。

（新妻に夢中だなんて、どの口が言うのよ！　あの夜からなんの音沙汰もなかったくせに）

「なんだよ、やきもちか？　悪い気はしないが、もう少しかわいげのある言い方を勉強したほうがいいな」

「べ、別に、やきもちなんかじゃありません」

プリシラがぷいっと顔を背けると、ディルは、ははっと声をあげて笑った。

「別に陰口くらいかまわない。好きに言わせておけばいいさ」

「でもっ。そうだ、お父様に相談してみる。あなたは娘婿なんだもの。少しくらい力添えしたって、おかしくないでしょう?」

父親に頼るしかないというのが、やや情けなくはあるが……プリシラの頼みなら、ロベルト公爵は快諾してくれるだろう。

公爵がディルの味方であることを示してくれれば、ディルの悪評も少しは収まるはずだ。

妻として、なにかディルの役に立ちたい。だが、プリシラのその純粋な思いはディルには受け入れてもらえなかった。

「──余計なことするな」

突き刺すような冷たい眼差しに、プリシラはびくりと体をこわばらせた。

彼のこんな顔を見たことはあっただろうか。怯えるプリシラに気がついただろうに、ディルはなおも言葉を続けた。

「言ったろ? この結婚は形だけだ。お前になにかして欲しいなんて、望んでいない」

これ以上の議論は不要だというような、強い口調だった。プリシラはうつむき、唇を嚙みしめた。こぼれ落ちそうになる涙を必死にこらえた。

「わかった。もう、いいわ。結局、お父様もフレッドも……ディルもみんな一緒ね。私自身を見てはくれない。必要とされるのは公爵家の娘であって、私じゃない！」

「プリシラッ。待て――」

止めようとするディルの手を振りほどいて、プリシラはその場から走り去った。

「――はぁ」

夢中で走っていたら、いつの間にか中庭を抜けて、王宮のはずれの薬草園に来てしまった。目的地とは真逆の方向だが、ひとけもなく、涙をふくにはちょうどいい場所だった。

「馬鹿みたい……」

はぁーと大きく息をつくと、薬草の持つ独特の香りが胸に広がる。それは、ほんの少しだけプリシラの気持ちをなだめてくれた。

（私は公爵家の娘。そのことに誇りを持って生きてきたはずよ。なのに、どうしてあんなこと言ってしまったのかしら）

立派な公爵令嬢になることは幼い頃からの目標で、自分の恵まれた環境に不満など抱いたこともなかった。

けれど、ほんの少しの寂しさをずっと消すことができなかったのかもしれない。公爵令嬢ではないプリシラ自身を必要としてくれる人はいるのだろうか？　愛してくれる人は？

だが、肩書きのないプリシラ自身になにかの価値があるのか？　その問いに正面から向き合ったこともなかった。無意識に避けていたのだろう。

けれど、今、初めて向き合ってしまった。そして、気がついてしまった。

（私は無力だわ。美しいドレスも王太子妃の地位も、お父様の娘だから得られたもの。私自身がディルのためにできることなんて、なにもないじゃない）

自身の才覚のみで王太子の地位を確立しようと苦心しているディルにとって、プリシラの甘さは腹立たしいものだっただろう。そのうえ、あんな八つ当たりまがいのことまで言ってしまった。

（ディルのあんな顔、初めて見たわ。ひどく怒らせてしまったのかも……謝りたいけど、どう話せばいいのかしら）

ディルとはことごとくすれ違い、喧嘩になってばかりだ。形だけの妻、その役割すら満足にこなせない情けない自分。プリシラは頭を抱え、途方に暮れてしまった。

「……とりあえず、これを届けなきゃね」

プリシラは抱えた荷物に視線を落として言った。

当初の目的を思い出したプリシラが歩きだすのと、薬草園の奥、背の高い植物の影から人が出てくるのが同時だった。男性ふたり組のようだ。

あちらはまだプリシラの存在には気がついていない。

(王宮医師団の先生かしら？　それならご挨拶を……あれ？)

ひとりは知らない男だった。だが、もうひとりは——。

(ナイード⁉)

意外な人物の登場に驚き、プリシラは思わずしゃがみ込んで、花壇の陰に身を隠した。

(いやいや、なんで隠れるのよ。別に薬草園は立入禁止でもないし、見られたってかまわないはずよ)

そう思いつつも、プリシラは立ち上がらなかった。苦手なナイードと話をするのが億劫な気持ちが半分、残り半分は……ナイードが薬草園にいるのが、不自然に感じられたからだ。彼は、いわゆる上流階級御用達の商人なので、王宮内も自由に出入りが認められている。だが、ただの顧客との商談なら中庭でも十分なはず。なんとなく嫌な予感がした。

ナイードと見知らぬ男がプリシラの隠れる花壇に近づいてくる。それにつれ、徐々にふたりの会話もはっきりと聞こえてくる。

「……王子の処分はどうした？」

「あぁ、もう済んだ。万事、予定通りだ」

思わず声をあげそうになるのを、なんとかこらえた。息を殺し、気配を消して、ふたりが去るのを待った。

「――空耳じゃないわよね？」

王子……この国でそう呼ばれる人物はふたりだけだ。ディル……はついさっき会ったばかりだし、そばにターナが控えていたから身の安全はたしかなはずだ。

となれば、今の会話の王子とは？　他国の王子の可能性もなくはないが――。

「フレッドのこと⁉　ナイードはなにか知っているの？」

処分とはどういう意味だろうか。ナイードはフレッド失踪に関わっているのだろうか。頭の中に次々と疑問が浮かんでくるが、どれひとつとして答えは出せない。

「ナイードがなにか関わっているかもしれないこと、お父様は知っているのかしら。っ、まさか……」

恐ろしい考えが頭をよぎる。消そうと思っても、こびりついて離れない。

フレッドがいなくなって得をした人物。ディル以外にもいるのではないだろうか。

それは――。

「殿下の言う〝近頃〟はずいぶんと長い期間を指すんですねぇ」

少し離れて、事の成り行きを見守っていたターナがゆっくりと近づいてくる。涼しい顔をして、会話はしっかり聞いていたようだ。

「うるさい」

ディルは眉間に深いしわを寄せて、ターナを迎える。

「殿下。余計なお世話を承知で言わせてもらいますと、何事も言い方ってものがあるかと……」

「わかっている。……から、いちいち傷口に塩を塗るようなことを言うな」

ディルは小声でぼやいた。すると、ターナは、彼にしては非常に珍しく、くしゃりと顔をほころばせて、声をたてて笑った。

「ははっ、ははは。百戦錬磨の遊び人、ディル殿下の名が泣いていますよ」

ターナの言う通りだ。誰に教わった覚えもないが、ディルは昔から女性の扱いに、たけていた。相手の気を引く振る舞い、一瞬でその気にさせる台詞、そんなものは考えなくとも自然に身についていた。

そこがまた、『所詮は生まれが卑しい』などという陰口をたたかれる要因にもなっているのだが……。

「プリシラだけは別だ。どうしてもほかの女と同じようにはいかない」

ディルは素直に弱音を吐いた。プリシラを前にすると、まるで子どものようになってしまうことは嫌というほど自覚していた。

「その顔を見せてあげれば、もはや言葉はいらないような気がしますけどね」

ターナがぽつりとつぶやいた台詞はディルの耳には届かない。

「まぁ、でも、しばらくはロベルト公爵との接触には慎重になったほうがいい。プリシラは違う意味にとらえたようだが……おとなしくしていてくれるのなら、結果的にはよしとしよう」

「プリシラ様をお父上の不穏な噂から遠ざけたいんですね。気持ちはわかりますけど」

はっきりとは言わなかったが、ディルの思惑などターナにはお見通しのようだ。

自分が暗殺犯だと疑われることも、それがプリシラの耳に入ることにも、ディルはまったく頓着しなかった。もともと悪かった評判が地に落ちたところで、なにも変わりはしない。

ロベルト公爵の力を借りなくとも、王太子の名をもって噂をしずめることもできないわけではない。どちらかといえば、あえて放置していたのだ。

それは、ある別の噂をプリシラの耳に入れたくないからだった。自分の噂に気を取られて、気づかないでいてくれるのならありがたいくらいだ。

プリシラは馬鹿ではない。噂を知れば、勘づいてしまうだろう。その噂がディル犯人説と同じか、それ以上に理屈が通っていることに。

——フレッド殿下がいなくなって得する人間。大きな声じゃ言えないが、もうひとりいるよなぁ。

——ディル殿下なら娘婿として、さぞかし扱いやすいだろう。フレッド殿下と違ってザワン家に気を遣う必要もないしな。

——王子とはいえ協力者もいないディル殿下とどちらが首謀者かなんて、考えるまでもないな。

「まったく。プリシラ様のこととなると、驚くほど健気なんですから。とはいえ、いいんですか？　あんな喧嘩別れみたいなことして。明後日にはスワナ公国へ向けて出立でしょう。しばらくは夫婦水いらずですよ」

スワナ公国にはミレイア国王の年の離れたただひとりの妹、ディルにとっては叔母にあたる女性が妃として嫁いでいた。叔母といってもマリー妃はまだ三十四歳。数日前に五人目の子ども、待望の世継ぎの男子を出産した。

ディルとプリシラは国王の代理として、祝いの品を持ってスワナ公国を訪れる予定になっていた。

「そうだったな。でもまぁ……考えてみれば、昔から俺たちはこんなものだったしな。仲睦まじかったことなんて、ないだろ」

「たしかに。喧嘩しているか、殿下が素行不良を諫められてるかのどちらかでしたね」

ディルが昔を思い出して言えば、ターナもあっさりと同意した。

蜜月旅行の夜に

スワナ公国へは馬車で丸二日間の行程だ。国土のほとんどを海に囲まれているミレイア王国にとって、船を使わずに行ける唯一の国だ。

昨晩は経由地のナザの町に宿を取った。今日の夕刻にはマリー妃の住まうスワナ城に着く予定だ。

異国へ行くと思えば近いものだが、お嬢様育ちのプリシラにとっては滅多にない長旅だ。町の宿に泊まるのも初めてのことだった。

馬車はナザの町を抜けて、ひたすら西へと駆け続ける。整備された街道から悪路に入ったせいか、ガタガタと大きく揺れている。

(うぅ。気持ち悪い。この道はいつまで続くのかしら)

旅の疲れを考慮してか、ゆうべの宿はディルとプリシラはそれぞれひとり部屋だった。

豪華ではないが清潔な部屋で、ゆっくりくつろげるはずだったのだが、ひとりになったら例のナイードの密談を思い出してしまった。あれこれ考えすぎてしまい、ほとんど眠れなかった。

そんな状態で馬車に乗れば、酔うのも当然だろう。もちろん自業自得なので、馬車を止めるようなことはあってはならない。

体調不良を隣に座るディルに気づかれないよう、細心の注意を払っていたつもりだったのだが……。

「次の町で休憩にしよう。寝不足のせいだろう？　少し眠れば、マシになるかもしれない」

馬車に酔ってしまったことも、その原因もあっさり見破られてしまった。プリシラはあわてて首を振る。

「大丈夫。ほんの少し酔っただけ。馬車を止めるほどじゃない」

「つまらないことで強がるな。顔が真っ青だぞ」

ふらつくプリシラの体をディルがそっと支えようとした。が、プリシラはその手を思わず跳ねのけてしまった。

「あっ……ごめんなさい。けど、本当に大丈夫だから。私のことはかまわないで」

我ながら、驚くほどかわいげのない物言いだ。

ディルは振り払われた己の手をじっと見つめていたかと思うと、おもむろにその手を伸ばした。プリシラの肩をつかみ、ぐいっと自らのほうへと引き寄せる。

倒れかけたプリシラの頭は、ディルの肩で受け止められた。斜め上を見上げると、すぐ近くにディルのすっきりとした鼻筋と形のよい唇があった。

「えっと……」

「それなら、ここで眠れ」

「いや、でも。その」

「嫁いだとはいえ国王陛下の妹君だぞ。そんなクマだらけの不細工な顔でお会いするつもりか」

「うっ……」

そう言われてしまうと、反論できない。ディルの言い分はもっともだ。おめでたい席で、こんなひどい顔を晒すわけにはいかないだろう。

プリシラはディルの言葉に甘えてしまうことにした。

「ごめんなさい……じゃなくて、ありがとう、ディル」

プリシラは目を閉じた。とはいえ、プリシラも本気で眠るつもりはなかった。酔いがおさまるまでの少しの間、肩を貸してもらおうと思っていただけだ。

けれど、ディルの温もりは思いのほか心地よくて、先ほどまで頭をぐるぐると回っていた疑念もすっと消えていって、そのまま穏やかで深い眠りに落ちていった。

「この前は悪かったな。言葉の選び方を間違えた。……俺はロベルト公爵家の娘になんか興味はない。プリシラ、お前が……」

薄れゆく意識のなかでディルのそんな言葉を聞いたような気がした。いや、きっと自分に都合のいい夢を見たのだろう。

ディルは、ディルだけは、プリシラ自身を見てくれている。そう信じていたいのかもしれない。

「んっ……」

頬になにかが優しく触れる感覚で、プリシラは意識を取り戻した。

「悪い。起こしたか？　髪が邪魔そうだったから、払おうとしただけなんだが」

どうやら乱れてしまった長い髪を、ディルが整えようとしてくれたらしい。

寝ぼけてぼんやりしていたせいだろうか。頬に触れているディルの温かな手を思わずぎゅっとつかんでしまった。まるで、『離さないで』と言うかのように。

すぐに払いのけられるだろうと思ったのに、ディルは驚くべき行動に出た。触れ合っていただけの指先をしっかりと絡め、ぎゅっと握り返してきたのだ。

指先だけでつないだ手。結婚式ではエスコートのためにもっとしっかり手をつないだし、一応は誓いのキスだってしてた。自分たちは仮にも夫婦なのだから、こんなささやかな触れ合いで動揺するのはおかしい。

必死にそう言い聞かせようとするものの、つないだ指先からどんどん熱が伝わってくる。熱くて熱くて、今にも爆発してしまいそうだ。

（ダメッ。もう限界）

そのときだった。ぷはっとディルが盛大に噴き出した。

「プリシラ。お前……顔色がよくなったのはいいが、その化け物みたいな顔はもっとまずくないか」

「えっ⁉」

「鏡見てみろ。化粧が落ちて、ひどいことになっているから」

ディルは笑いをこらえ、震えた声で言う。が、次第にこらえられなくなったのか、あははと大きな声で笑いだした。

プリシラは言われた通りに手鏡で自分の顔を確認して、悲鳴をあげた。

どれだけぐっすり眠っていたのか、化粧は無残に剥（は）がれ落ち、お化けの仮装かという状態になっていた。

「ま、待って。すぐに直すから、ディルは窓の外を見ていてね。って、そもそも今どのあたりなの？　約束の時間に間に合うかしら」

　今の衝撃で、プリシラはすっかり目が覚めた。冷静になってみると、時間も忘れて眠りこけていた自分が恥ずかしくてたまらない。

「もうスワナ城の正門前だよ。五分ほど前に到着したところだ」

「えぇー？　それなら起こしてくれればよかったのに。本当にごめんなさい。すぐに身支度を整えるから……」

　わたわたと動きだしたプリシラを見て、ディルはふっと目を細めた。

「よく寝ていたから、まぁいいかと思ってな。それに訪ねる側は少し遅刻するくらいで丁度いいというじゃないか。マリー叔母上は堅苦しい人間じゃないし、問題ないよ」

　本当は、寄り添って眠るプリシラからディル自身が離れがたかっただけなのだが……ディルはそれを自覚していたが、もちろん口には出さない。

「どうかしら？　なんとか見られるようになった？」

　プリシラは猛スピードで化粧と髪を直して、ディルのほうを振り返った。

　普段は侍女がやってくれるので、あまり得意ではないが、身支度くらいは自分でもできるよう教育されている。

「いいんじゃないか？　箱入りお嬢様が自分でがんばったにしては上出来だ」

「もう。いちいち嫌みなんだから……」

「ただ——この紅はちょっと濃すぎるかな」

ふいにディルが顔を近づけてくる。唇が触れ合いそうな距離に、プリシラは思わず目をつむった。

そして、唇にやわらかいものが——。

（えっ……この感触って、もしかして……）

「わっ。ちょっと、待っ……」

プリシラが目を開けると、ディルが挑発的な顔をして、にやりと笑った。

「ふっ。唇で拭ってやったほうがよかったか？」

「あっ……」

ディルが自分の親指をプリシラに向けてみせた。その指先は真紅に染まっている。

（嘘っ。勘違いって……恥ずかしすぎる）

プリシラは羞恥心で耳まで赤くなった。ディルの顔をまともに見ることもできない。

「酔いだけでなく、少しは頭もすっきりしたか？　あれこれ悩んでも仕方ないこともあるぞ」

ディルが穏やかな声で言った。プリシラは目を丸くして、彼を見返す。

「気がついていたの？」

「なにを悩んでいるかは知らないが、お前が大事な公務に寝不足でのぞむなんてよっぽどだろ」

「心配かけてごめんなさい。そうね、なんだかすっきりしたみたい」

（そうよね。あの断片的な会話だけであれこれ思い悩んでも、結論なんて出るはずない。気になるならお父様と直接話をするしかないわ。——とりあえず、今は目の前の王太子妃としての仕事をしっかりしないと）

「マリー様ってどんな方なの？　私は子どもの頃、遠目にお姿を拝見したことがあるくらいで、お話するのは初めてだわ」

「うーん。王族としては、かなり変わった女性だな。俺なんかをかわいがってくれていたし」

「そう！　仲良しだったのね」

ディルから身内の明るい話題を聞くことはうれしかった。マリー妃に会うのが楽しみになってくる。

「多分、ここでは完璧な王太子妃を演じる必要はないよ。のんびり過ごせばいい」

出迎えてくれたマリー妃は、プリシラの想像とは少し異なるタイプの女性だった。失礼を承知で言えば、妃よりも酒場の女将さんと紹介されたほうがしっくりくるような……。

背は低くて、ぽっちゃり体型。高貴な女性には珍しく、日に焼けた肌にそばかすが浮いていた。

けれど、彼女がそこにいるだけで場がぱっと華やぐ。底抜けに明るい、まるで太陽のような女性だった。

「まぁ～！　ディルってば、しばらく会わないうちにずいぶんと大人になって。私があと十歳若かったら、愛人にしたいくらいだわ」

「血のつながった実の甥に、なに馬鹿なことを言っているんですか」

「あら、やぁねぇ。そのつまらない返し。お兄様に似てきちゃったのかしら。ミレイア王国一のプレイボーイの名にかけて、ここは熱い抱擁のひとつでもしてちょうだいな」

お兄様とはミレイア王国の国王陛下のことだろうか。

(マリー様がこんなに楽しい方だったとは、知らなかったわ)

「お久しぶりです、マリー叔母上。変わらずお元気そうで、なによりです」

ディルは苦笑しつつもマリー妃を抱きしめ、親愛のキスを贈る。マリー妃は満足気に微笑むと、今度はプリシラに向き直った。

「ディルの奥方、プリシラ嬢ね。噂通りのかわいいお嬢さん。堅苦しいことは抜きにして、ハネムーンだと思ってゆっくりしていってね」

「ハ、ハネムーン⁉」

「ええ。だってあなたたち新婚でしょ？　王宮はなにかと堅苦しいだろうし、旅行気分でゆっくりしていってちょうだいね。うふふ、部屋は離れのほうに用意しているの。私たちは邪魔しないからね～」

「えっ、あの、その……」

（冗談？　本気？　気を遣ってくださっているのだから、ありがとうございますって言うべき？）

生真面目に考え込んでしまったプリシラを見かねて、ディルが話をつないだ。

「これは世間知らずなんで、あんまりからかわないでやってください。ところで、スワナ公はどちらに？」

ディルは城の主人であるマリー妃の夫の姿を捜した。

「あぁ、ごめんなさい。この国の中央を流れるミミス川の堤防の一部が決壊してしまったらしくて……あの人ったら、様子を見てくるって出ていっちゃったのよ。あなたたちを出迎えるんだからダメよって言ったんだけど」

マリー妃は申し訳なさそうに頭を下げた。

「いや、俺たちはかまわないですよ。帰国前にご挨拶できれば、それで十分です」

「明日の昼には戻ってくると思うわ」

「……堤防の決壊って、そんな危険なところにスワナ公自らが視察に行かれるんですか?」

プリシラが問うと、マリー妃は笑った。

「視察なんてそんな立派なものじゃないのよ。おおかた、修理をしてくれる人たちと酒盛りでもしているんでしょう」

プリシラが目を丸くしていると、ディルが説明してくれる。

「スワナ公は国民に寄り添う政治を行うことで有名だ。民からとても人気がある」

「ミレイアと違って、ここは本当に小さな国だから。あの人は隅々まで知っておきたいって主義なの。おかげで、連れ回される私もすっかり日に焼けちゃったわ。私も若い頃は、あなたみたいに深窓の姫君だったのにねぇ。ま、太っちゃったのは食べすぎが原因だけど」

「スワナは宝石とならんで、食事がうまいことも有名でしたね。楽しみです」

ディルが言うと、マリー妃は大きくうなずいた。

「そうよ。早速、食事にしましょうか」

マリー妃の案内で食堂に向かう。その道すがら、妙な視線を感じてプリシラは振り返った。視線の主はあわてて柱の陰に姿を隠したようだったが、かわいらしい花柄のスカートの裾が残っていた。

「マリー様。あの……」

プリシラがうしろを気にするそぶりを見せると、マリー妃はすぐに状況を把握した。

「こらっ！　そのドレスはエリーね」

柱からぴょこんと顔を覗かせたのは、まだあどけなさの残る少女だった。

(十歳くらいかしら。とっても、かわいい子)

ふわふわの金髪にくりっとした大きな瞳、えへへと照れたように笑った顔がなんとも愛らしい。

「ごめんなさい、お母様。でも、王子様に早く会いたかったんだもの」

「もう。後できちんと紹介するから先に勉強を済ませておきなさいと言ったでしょ」

マリー妃は母の顔になって、娘をたしなめた。

「公女様ですか」

プリシラがたずねると、マリー妃は娘を手招きして呼び寄せた。

「躾(しつけ)がなってなくて、ごめんなさいね。長女のエリーよ。来月で十歳になるわ。この子の下に妹が三人。それと生まれたばかりの長男の五人姉弟よ」

「初めまして。エリー姫」

ディルはエリーの小さな手を取ると、身をかがめて、甲に軽く口づけする。

十歳は一人前のレディだと判断したのだろう。まさしく王子様といったディルの姿に、エリーは頬を染めた。

「素敵！　なんて、かっこいいのかしら。ねぇ、エリーをお嫁さんにしてくれる？」

押しの強さは母親譲りだろうか。ディルがらしくもなくうろたえているのが、なんだかおかしい。

蜂蜜酒、ひよこ豆のポタージュ、鹿肉ロースト、焼きたてのパンに木苺ジャム。

評判通り、食事はどれもおいしかった。エリー姫の三人の妹たちは、姉にそっくりで元気いっぱいだ。みんなでディルを取り合っている。

ディルが慣れない子守りに奮闘している間、プリシラは生まれたばかりの赤ちゃんを抱っこさせてもらうことにした。

「わぁ～。や、やわらかい」

おそるおそる抱き上げた小さな赤ちゃんの体はふにゃふにゃで、自分と同じ生き物だなんて信じられない。

「かわいいでしょ？」

「はい！　とっても！」

ふくふくとした頬も、もごもご動く小さな唇も、見ているだけで幸せな気持ちになってくる。

「あなたも早く生んだらいいわ。幸せが何倍にも大きくなるわよ」

マリー妃はそう言って、カラカラと笑った。

「ええ⁉　子どもって……」

（ディルの子をってことよね。そりゃそうよね。王家に嫁いだのだから、当たり前じゃない。わ～、でも……）

「あなたたちの結婚が訳ありなことは私も聞いているわ。けど、すべての事象は縁によるものって私は思っているの。あなたとディルはきっと夫婦になる縁があったのよ」

「縁……ですか？」

「そうよ。運命って言ってもいいかもね。ねぇ、昔話をしてもいい？」

　プリシラはうなずいた。

「私ね、こう見えても大国の姫だったじゃない？　両親からもお兄様からも、たっぷり甘やかされていたの。だからね、初めて夫に、スワナ公に会ったとき、ものすごーくショックを受けたの」

「どうしてですか？」

「だって、あの人、熊みたいだったんだもの。世間知らずな私は物語の王子様みたいな人が迎えにきてくれると信じていたのよ。その点、あなたはラッキーよ！　我が甥っ子ながらフレッドもディルもハンサムだもの」

「ご、ごめんなさい」

　マリー妃の勢いに押され、なぜだか謝ってしまった。彼女はクスクス笑いながら、話を続ける。

　マリー妃がスワナ公国に嫁いできたのは二十二歳のとき。スワナ城の質素さにも驚いたし、使用人が気安く話しかけてくることには腰を抜かしそうになったそうだ。

「でも一番驚いたのは夫だとあの人を紹介されたときよ。ボサボサの髪に、もじゃもじゃの髭（ひげ）で、庭師のまねごとなんかしているんだもの。絶対に離婚してミレイアに戻ってやるって決意したわ」

「でも今は幸せ……なんですよね？」

「そうだと思う？」

マリー妃がいたずらっぽい瞳でプリシラを見つめる。プリシラは少し考えてから、きっぱりと答えた。

「そう思います。だって、スワナ公のお話をするときのマリー様はとても優しい目をしているから」

「ふふ。ディルは賢くて、いい奥方をもらったわね！」

「なにかスワナ公と仲よくなるきっかけがあったんですか？」

夫婦円満の秘訣のようなものがあるなら、ぜひとも学びたい。プリシラはそう思ったが、マリー妃の答えは意外なものだった。

「ううん。それが、なーんにもないの。本当にいつの間にかって感じ。雪が降り積もるみたいにね、信頼とか愛情が大きくなっていったの。幸せな夫婦の形って、ひとつじゃないんだわ。だからね、あなたとディルの幸せを見つけて。きっとよ」

そう言って、マリー妃はとびきり幸せそうに微笑んだ。

（素敵な人……私もいつかこんなふうに笑えるようになれたらいいな）

「はい、ありがとうございます」

プリシラも笑顔を返した。すると、マリー妃は「いいことを教えてあげる」と言って、プリシラにそっと耳打ちした。

――あなたを見るディルの瞳も、とても優しいわ。だからきっと、あなたたちはうまくいくわ。

夜も更けた頃、プリシラは離れに用意された部屋へと引き上げた。扉を開けると、ふわりと優しい香りが漂ってくる。

明かりをつけて室内を見渡せば、黒檀のティーテーブルの上に香炉が置かれていた。香炉は東大陸から伝来したものだが、近年ミレイア王国でも大流行している。マリー妃の趣味なのだろう。部屋全体も東大陸風の異国情緒あふれるインテリアで統一されていた。

部屋は二間続きで、奥の寝室にはドレッサーと大きめのベッドがあった。隅々まで掃除が行き届いており、とても居心地のよい部屋だった。

プリシラはドレッサーのイスに腰かけて、ほっとひと息ついた。ぼんやりと鏡を見つめながら、マリー妃との会話を思い出す。

(私を見るディルの目が優しいって……そんなことあるかしら?)

(でも、王宮を離れてからはディルと昔みたいに自然に過ごせているのよね。馬車の中でだって……)

ディルの肩で眠ったこと、口づけされたと勘違いしたこと。そんなことを思い出し、プリシラはひとり頬を染めた。

鏡に映る自分は、恋する乙女そのもの……に見える。

(恋か。ディルがどんなに冷たくたって、私がディルを嫌いになれるはずはないのよね。ずっと好きだった人なんだもの。なんて不毛なのかしら)

プリシラは大きなため息を落とした。嫌いになんてなれない。けれど、好きになればなるほどつらくなる。

「縁……私とディルの間にも、本当にあるかしら?」

マリー妃の話は、プリシラの気持ちに小さな変化をもたらしていた。

少しずつでもいい。信頼と愛情を積み重ねていく。自分とディルもそんな関係を築いていくことが、できるだろうか。その考えは、かすかな希望の光となってプリシラの心を照らした。

そのとき、プリシラよりひと足遅れて、ディルが部屋に入ってきた。

「まいった……」

　お姫様たちの相手はよほど大変だったのだろうか。心なしか、顔がやつれている。ディルはタイをはずし、上着を脱ぐと、そのままベッドに倒れ込んだ。

「お疲れさま。すっかり懐かれたわね」

　プリシラはドレッサーの前で髪を梳かしながら、ディルにねぎらいの言葉をかけた。

「あの年頃の女の子はすごいな。子どもの厄介さと女の面倒さを併せ持っている」

　長女のエリー姫のことだろう。ディルをここまで振り回すなんて、大物だ。将来は魔性の女になるかもしれない。

「そんな顔しないで、王子様に徹してあげてよ。女の子にとって、初恋の思い出は大切だもの」

「そんなものか？」

「そうよ。私もウィリアム先生に初めて会ったときのこと、よく覚えているもの」

「誰だよ、ウィリアムって」

「ピアノの先生だった人よ。お父様と同じ年だったのに、お父様とは全然違うの。スマートで若々しくて、憧れたわ」

「それがお前の初恋？」

「うーん、どうかしら。多分……」

「なんだ。いい加減じゃないか」

ディルはあきれたように笑う。

（あれは恋に恋していたって言うほうが正しいのかも。だって、私の初恋は……）

ふいに少年時代のディルが脳裏に浮かんできた。プリシラはあわてて、それを打ち消す。

「あっ。そういえば、ディルの初恋っていつ頃？　どんな人だった？」

幼い頃は、ディルも自分を思ってくれているはずと能天気に信じていたけれど、今はそれがただの思い込みだったと理解している。

ディルの初恋の相手はどんな女性だったのだろう。適当にはぐらかされるかと思いきや、ディルは意外にも真面目に答えてくれた。

「そうだな。初めて会ったときは、あんまり綺麗だったから……妖精か天使か、もしかしたら幽霊かもって思ったな。でも、口を開くとうるさくて、うんざりしたこともよく覚えている」

「よ、妖精に天使……ディルの口からそんな台詞が出てくるなんて、意外だわ。それとも私が知らないだけで、女性を口説くときはいつもそんなふうに褒めるの？」

プリシラはからかうつもりで言ったが、ディルは真面目な顔を崩さない。

「いや、本当にそう思ったんだ。まぁ、昔のことだ。お前の全然知らない女性だよ」

(そうなんだ。ディルにそんな女性がいたなんて知らなかったな)

胸の奥がちくりと痛んだけれど、それには気がつかないふりをして……ほんの少し勇気を出してみることにした。

マリー妃の話を聞いて、プリシラなりにいろいろ考えてみたのだ。

プリシラはベッドに近づくと、仰向けに寝転ぶディルの隣に腰を下ろした。こちらを見上げたディルと目が合う。プリシラは彼を見つめたまま、口を開いた。

「あのね、ディル。その初恋の女性みたいに……とは言わないわ。私たちの結婚は義務みたいなものだもの。でもね、私はディルとちゃんと夫婦になりたいの」

精いっぱいの気持ちを伝えたつもりだ。

フレッド失踪の謎にもディルとの関係にも、きちんと向き合いたい。逃げてばかりでは、一歩も前に進めない。どんな結末が待っていようとも受け入れる。やっとその決心ができたのだ。

ディルは受け入れてくれるだろうか。ドキドキしながら彼の返事を待っていると、ディルが小さく息を吐いた。

「悪いが……もう少し具体的に言ってくれ。俺の理解力が足りてないのか？　お前の考えていることがさっぱりわからん」

プリシラは焦った。拒否される可能性はおおいにあると思っていたが、わからないと返されるとは予想もしていなかった。

「えーっと。だから、そのまんまの意味よ。形だけの結婚じゃなくて、きちんと夫婦としての関係を築いていきたいなって。それから、フレッドの失踪も真相を究明しましょう。実は私、すごく気になっていることがあって――」

父と親しくしているナイードが怪しい会話をしていたこと。それをディルに打ち明け、意見を聞くつもりだった。

が、プリシラの話はディルに強引に遮られた。寝転んでいたディルに腕を引かれ、プリシラはディルの上に重なるように倒れ込んだ。

「わっ。急になにを……」

真面目な話をしようとしているのに。そう文句を言うつもりだったが、ディルが自分よりずっと真剣な目でこちらを見ていることに気がつき、言葉を止める。

ディルがくるりと体を反転させ、プリシラは抵抗する間もなく彼に組み敷かれた。切なげに眉をひそめたディルが、押し殺した低い声でささやいた。

「——そういうことを軽々しく言うのは、やめてくれ」

「軽々しい気持ちなんかじゃないわ。ちゃんと考えている。私はディルの好みのタイプじゃないのはわかっている。だから、愛して欲しいとは言わない。でも、妻としてあなたを支えられるようになりたいの。……フレッドは私になにも告げずに、いなくなった。あんな思いはもうしたくない」

この気持ちはきちんと伝わるだろうか。また喧嘩になりはしないだろうか。プリシラはドキドキしながら、ディルの答えを待つ。

「——それは、俺の妻として一生を過ごす覚悟があるということか?」

「あるわ」

挑むような気持ちで、プリシラはディルを見返す。キラキラと輝く淡いブルーに、ほんの少しの陰りを加えるグレー。その美しさに気がついてしまえば、誰もが欲しくてたまらなくなる。まるで、ディルそのもののような彼の瞳。

この瞳に、自分はどう映っているのだろうか。

「もし、フレッドが戻ってきたら?」

「私はあなたと添い遂げると誓ったのよ。あなたがたとえ王にならなくとも、それは変わらない」

濃密に視線が絡み合う。けれど、愛し合う男女の甘さはない。まるで決闘を前にして向かい合う敵同士のようだ。

プリシラの手首を押さえていたディルの指先に力がこもる。もう逃がさないというように、ぎゅっと締めつける。

「そうか。――なら、もう我慢はやめる」

ディルの声はよりいっそう低くなり、プリシラは背筋がぞくりと震えるのを感じた。

ディルの顔がゆっくりと下りてきて、プリシラの鎖骨あたりを軽く食む。その次は首筋、次は耳だ。

獰猛な獣のような目つきをしているくせに、プリシラに触れる唇は驚くほど優しい。それはプリシラの頬をつたい、とうとう赤く色づく唇をとらえようとしていた。唇の端をかすめた、その瞬間、プリシラは耐えきれずに小さく叫んだ。

「ひゃ、やぁっ」

その声は自分でも恥ずかしくなるほどに、甘く響いた。

「そういう声は初めてだな。もう少し聞かせてくれ」

ディルは楽しげに言うと、にやりと笑ってみせた。プリシラの反応を楽しんでいるのだろう。自分よりはるかに余裕があるのだ。プリシラはそれが無性に悔しくて、ぷいっと顔を横に向けた。

「……唇はお預けってことか？　今のはキスとも呼べないと思うが」

「……唇だけじゃなくぜんぶお預けよ。大事な話をしようとしていたのに」

恥ずかしさをごまかしたくて、プリシラはわざと拗ねてみせた。本当はわかっている。きっとこのまま、ディルにすべてを委ねてしまったほうがいいのだろう。

こういうことには勢いも必要だし、憎まれ口をたたくばかりで、なかなか甘い雰囲気にならない自分たちにはなおのことだ。わかっているけど……素直になれない。

(下手に付き合いが長いと、こういうとき厄介だわ)

ディルは無言のままプリシラを見つめていたが、しばらくしてあきらめたように目を伏せた。

「はぁ。まぁ、焦ることでもないか」

ディルはプリシラを抱き起こし、「話をするなら場所を変えるか」と顎で隣の部屋を示した。

「そうね。お茶をいれるわ」

プリシラも立ち上がり、お茶の用意を始めた。

思わぬ展開になった動揺をしずめるため。また、これからする話を整理するため。

どちらの目的にも、お茶のリラックス作用が必要だった。

ふたりは隣室に移動し、ティーテーブルを挟んで向かい合わせに座った。

「わぁ、見て。綺麗ね」

東大陸産らしいそのお茶は、ガラス製のティーポットの中でゆっくりと白い花を咲かせた。ディルはそれを眺めながら、懐かしそうに言った。

「そういえば、マリー叔母上は昔から異国のものが好きだったな。東大陸は医療や学問がずっと進んでいるのだと、なぜか自分が自慢気な顔をしていた」

マリー妃らしいなとプリシラは思った。若い頃の彼女が楽しそうに話をするところが目に浮かぶようだ。

「東大陸かぁ……うちのお父様はミレイア王国より優れた国はないってよく言っているけど、世界は広いものね。もっともっと、驚くほど優れた文化のある国があっても不思議はないわよね」

もちろん、その逆、貧困に苦しむ国もあるのだろう。プリシラは幸運にも国内に嫁ぎ先を見つけてもらえたが、異国に嫁いでいれば、まったく別の人生があったのかもしれない。

そういえば、フレッドも異国が好きだったなとプリシラは思い出していた。

『もし、来世があるのなら学者になりたい。世界中を回って、好きなことを学びたい』

そんなことをよく話してくれていた。もしかしたら、フレッドはその夢を叶えたくなったのだろうか……。

まるでプリシラの心を読んだかのように、ディルもフレッドの話を始めた。

「あいつもそんな話が好きだったな。たとえば、満月は吉兆と考える国もあれば凶兆と考える国もあるんだとか。そんな話を山ほど持ち出して、俺を慰めてくれた」

フレッドを思い出しているのだろうか。ディルの瞳は少し寂しげで、とても優しかった。ディルが背負わされたくだらない予言の話だろう。

「慰めたんじゃないと思うわ。フレッドは本当に気にしてなかったのよ」

「なんでそう思う？」

「だって、私でもばかばかしいと思っていたもの。赤ちゃんのディルが火をつけたわけもないし、王都の大火なんて偶然でしかないわ。フレッドは私より賢いし、信じてなかったに決まっている」

きっぱりと言いきったプリシラをディルはあきれたような顔で見て、それから薄く笑った。

「マリー叔母上やフレッドも変わり者だが、一番の変人はお前だったな。俺とは遊ぶなとさんざん言われたのに、こりずに毎日顔を出していた」

そうだった。ディルとは最初から意気投合したわけではなかった。あの頃のディルは自身の殻に閉じこもり、プリシラにも誰にもなかなか心を開こうとしなかった。でも、だからこそ、プリシラは彼の笑った顔をひと目見てみたくて、どんなに拒絶されても、しつこく会いに行ったのだ。

（あの頃の私は、たくましかったなぁ。あの強さをもう一度、取り戻せるかしら）

「懐かしいわね。フレッドはいつも忙しくしていたから。遊び相手にはディルがちょうどよかったのよ」

「昔から暇人で悪かったな」

昔よくそうしていたように、ディルはふんと鼻を鳴らした。

「そうだ、私の乳母を覚えている？」

「あぁ。顔を合わせるたびに野犬を追い払うような目で威嚇されたな」

「ローザが昔言っていたの。偉い人は伝説だの予言だの、目に見えないものを必要以上にありがたがるって。平民は明日の天気は明日にならなきゃわからないって、ちゃんと知っているもんだって」

「どういう意味だ？」

「自分がフレッド王子派なのは、ディルが呪われた王子だからじゃない。素行が悪いから嫌いなだけだって」

彼女はそれしか言わなかった。けれど、プリシラはローザの言いたいことがよくわかった。

「民は目に見えるものを大切にする。ディルの予言なんて酒の肴（さかな）程度にしか思ってないの。ディルが優れた為政者になって、国がよりよくなれば、呪われた王子だなんて綺麗さっぱり忘れちゃうってことよ」

ディルは肩をすくめて、ぼやいた。

「フレッド以上の実力を示せってことか……お前の乳母は本気で俺を嫌っているらしいな」

ディルの言葉は、フレッドを誰より認めている証だろう。

（やっぱり、ディルがフレッドになにかしたとは思えない。ディルはフレッドを嫌ってなんていないもの）

そのことを確信してほっとした反面、もうひとつの疑惑がますます深まることがつらくもあった。

プリシラは大きく深呼吸して、話し始める決意をした。

「ディル。私の話したいことは、フレッド失踪のことよ。王宮ではフレッドがいなくなって得するのはあなただってみんなが言っているけど……もうひとりいるわ」

ディルの顔が変わった。聞きたくないという表情だ。プリシラの話の続きが想像できているのだろう。それでも、プリシラはあえて言葉にした。

「ロベルト公爵。私のお父様よ」

ディルはプリシラから目を逸らし、「ばかばかしい」と吐き捨てた。

「俺もそんな噂を耳にしたことはあるよ。だが、ただの嫉妬だろう。富も権力もありあまるほどに持つロベルト公爵が憎い奴はたくさんいる」

「ディル。こっちを見て」

プリシラがディルを呼ぶ。穏やかなのに、どうしても抗えない、そんな声だった。

さすがは〝王妃になるために生まれてきた娘〟だと、ディルは苦々しく思った。

渋々ながら、ディルが視線を合わせると、プリシラは優しく微笑んだ。

「ありがとう、ディル。あなたの優しさは本当にうれしい。けど、見くびらないで。私はもう王家に輿入れした人間なのよ。ミレイア王国に害をなす者は、たとえ実父であっても罰さなければいけない立場よ。もちろん、その罰が私自身に及んでもよ」

決して揺らがない、凛として強い眼差し。もうなにを言っても無駄だろうと、ディルは悟った。

「見くびってない。そう言うと思ったから、嫌だったんだ」

ディルは盛大なため息をついた。プリシラはそれにはかまわず、話を続ける。

「ディルの考えを教えて」

「言っとくが、俺はロベルト公爵が犯人だと断定しているわけじゃない。ただ……一番怪しい俺は犯人じゃない。前も言ったように、フレッドさえいなければと思ったことは何度もある。けど、行動には移してない」

ディルも覚悟を決めたのか、冷静に淡々と事実を語り始めた。

「次にフレッド本人の可能性。これも考えた。動機はわからんが、まぁどんな優秀な人間でも馬鹿なことを思いつく可能性はゼロじゃない」

「そうね。私たちの知らない悩みがあったのかも」

「ただ、フレッドの単独行動だとすると見つからないのが不自然だ。フレッドは人脈も人望もあるが、気まぐれの家出にリスクをおかしてまで協力する人間はいないよ。王族ってのは強大な力を持つように思われがちだが、所詮は神輿(みこし)だ。神輿を下りたら、意外となにも持ってない」

それはディルの言う通りかもしれない。自由気ままに使える金は王家より公爵家のほうが多いなどとよく言われているくらいだ。人脈も金も、王子の身分を捨てようとしたフレッドが自由に使えるものはそう多くはないだろう。

プリシラは頭に浮かんだひとつの考えをディルに問いかけた。

「たとえば、たとえばよ。もし、フレッドが自殺目的だったとしたら――」

「生きて逃げるつもりの人間より、死体のほうが簡単に見つかるさ。王都警備隊だって、その可能性は考えたうえで捜索活動をしたはずだ」

最悪の可能性が否定されて、プリシラはほっと安堵した。が、すぐにディルから厳しい言葉が飛んでくる。

「あくまで、自殺の可能性は低いってだけだ。残念ながら、生きている確証はない」

「そうか。そうよね……王都警備隊を出し抜くなり抑えつけるなりの力のある第三者が犯人だった場合は――」

「そうだ。生きてどこかに隠されているかもしれないし、すでに死体になっているかもしれない」

プリシラは思わず身震いした。フレッドと生きて会うことは、もう二度と叶わないのかもしれない。そう思うと、やるせなかった。ひどく喉が渇いて、目の前のティーカップをつかんだ。

ディルも同じだったのだろうか。彼もまたカップのお茶を一気に飲み干した。

「話を整理しよう。今説明したように、フレッド家出説は可能性としては低い。ただ、善意からリスクを承知でフレッドに協力した人間がいたのかもしれない。だとすれば、これが一番幸せな結末だろうな」

たしかにそうだ。フレッド自身の意思で王宮を出ていったのなら、彼は被害者ではない。むしろ、目的を達成し、満足しているということになる。動機が不明すぎて釈然としない気もするが、生きていてくれるならそれが一番だ。

「次に、やっぱり犯人がいる場合。動機がある人間を疑うのは基本だが、もうひとつあるな」

「実行できるだけの力のある人物ね」

プリシラが続けた。自らの父親を疑わざるをえない一番の理由はこれだ。王都警備隊の目の届かないところに隠しているのか、もしくは金を使って黙らせているのか……どちらにしても、それなりの財力や権力のある人間にしか不可能だろう。

「そう。このあたりを考えると、ロベルト公爵は怪しくなる。ふたつの条件を満たすからな」

次の国王がフレッドでなくディルとなれば、政敵であるザワン家の力を大幅に削ぐことができる。また優秀なフレッドより、ディルのほうが意のままになる可能性が高い。ロベルト公爵の動機について、ディルはそう説明した。

「実行力のほうは、説明するまでもないな」

プリシラはうなずいた。実家の栄華は誰よりもよく知っている。そして、娘を溺愛する優しい父親の顔は、彼の一面でしかないことも……。政治家としての彼は野心家で、必要とあれは非情な決断も厭わないだろう。

「やっぱりお父様が……あのね、ディル。実は――」

プリシラは薬草園で聞いてしまった話をディルに伝えた。

「ナイードか。たしかに扱う品は一級品ばかりだそうだが、異国人のわりにはやけにすんなり王宮に出入りするようになったたな……。ターナに頼んで、彼のことは少し調べてみよう」

すっかり思いつめた顔をしているプリシラを見ながら、ディルは続けた。

「ただ……俺は正直、今の話を聞いてもあまりピンときてないんだよな。別にお前をかばうつもりじゃなく、率直な感想として」

「そう？　どうして？」

ディルは少し考えてから、話しだす。

「まず、フレッドが王になっても王妃の父親として一定の影響力は保持できる。子が生まれれば、王太子の祖父だしな」

「けど、国王の祖父であるザワン家より発言力は弱くなってしまうわ」

「フレッドが無能ならそうだろうが、あいつはザワン公爵の言いなりにはならないだろう。有力者の権力バランスはうまくコントロールすると思う。フレッドの得意分野のはずだ」

「たしかに。フレッドなら双方を立てつつも、弱まってきている国王の実権を取り戻す。そのくらいはやってのけるわよね」

「それに、ザワン家というライバルの存在は悪いことばかりじゃない。ロベルト家の一強になってしまえば、他家からの妬みや憎しみをすべて引き受けることになる。ロベルト公爵はそのあたりのバランス感覚に優れた人物だと思うが……」

プリシラは考え込んでしまった。ディルの言うことはもっともな気がする。けれど、それは父親を信じたい気持ちからくるものかもしれない。

「あともうひとつ。ロベルト公爵はお前を愛している。それは間違いない。かわいい娘を託すのに、フレッドと俺とどっちがいいか。そう考えると、ロベルト公爵が犯人とは思えないんだよ」

「けど、そうしたら犯人はいないってことになっちゃうじゃない？」

ディルが自分の父親を疑わないでいてくれることはうれしい。ディルの言う通りだったらいいのにと思う。だが、ロベルト公爵でないなら誰が犯人だというのか？

部屋にはふたりきりなのに、ディルは声をひそめた。

「フレッドを邪魔に思う人間はほかにもいる。——たとえば、ルワンナ王妃だ」

思ってもいなかった人物の名があがったことにプリシラは目を丸くして驚いた。

「ルワンナ王妃は少し贅沢が過ぎる。災害時のための国庫予算にまで手をつけたとかで、フレッドにたびたびとがめられていた。フレッドを目の上のたんこぶと思っているだろう」

たしかに、プリシラも彼女には底知れぬ怖さのようなものを感じた。だが、リスクをおかしてまでフレッドを排除する必要が彼女にあるのだろうか。もし自身に息子が生まれたら、フレッドが邪魔な存在になるからだろうか。だが、その可能性はあまり高くないはずだ。

「でも、ルワンナ王妃には子がいないのよ。陛下の病状を考えると、この先もきっと難しいでしょ。フレッドがいなくなっても、彼女の立場は変わらないんじゃない？」

彼女が国王の母になることはない。

「フレッドと俺の次、王位継承権第三位にあたる男子はかなり血が薄くなるうえに友好国とはいえないエスファハン帝国で生まれ育っているんだ。彼が即位するとなれば、反対の声が多くあがると思う」

その話はプリシラも聞いたことがあった。かつて、生母の身分や不吉な予言を理由にディルの王位継承権を剥奪せよという意見もあったが、王位を継ぐにふさわしい男子がほとんどいないことを理由にディルの王位継承権は認められたという話だ。つまり、そのエスファハン帝国の男子には継がせたくないのだ。

「マリー妃のところに生まれた男の子は？　彼はダメなの？」

「彼はスワナ公国の跡取りだから。他国の王位継承権を持つものは除外されるルールなんだよ。だから、現状では彼はミレイアの継承権を持たないんだ」

「なるほど」

「ルワンナ王妃には、甥がたくさんいたはずだ。たとえば、そのうちのひとりを養子にして……という提案をするつもりなのかもしれない。王妃本人というより故国であるソルボンが裏にいる可能性もある」

とっさの思いつきではなく、ディルはルワンナ王妃について、ある程度探っていたようだ。疑うだけの根拠もあるのかもしれない。

「でも、ミレイア王家とはまったく血縁がないことになるわよね？」

「だが、他国では実際にそういう方法を取ったケースもあるぞ。個人的には、無能な実子より有能な養子をという考え方は悪くないと思う」

ミレイア王国は血統を大切にしてきたが、いつまでもそれが続くとは限らない。転換期が次代の王になるかもしれない。ディルが言いたいのは、そういうことだろう。

「でも、フレッドがいなくてもあなたがいるじゃない！　フレッドだけ排除してもルワンナ王妃にメリットはないような……」

話しながら、プリシラは嫌なことに気がついた。ディル犯人説の噂の出所はどこだろうか。いつの間にか真実かのように語られているが、本当に事実にされてしまわないだろうか。

プリシラの考えていることに気がついたのだろう。ディルは神妙な顔でうなずいた。

「そうだ。今後もし、俺が排除されるようなことがあったら、ルワンナ王妃は怪しいと思う。そのときはロベルト公爵なりザワン公爵なりと協力して……」

自分の身に危険が迫っているかもしれないというのに、ディルはまるで他人ごとのように淡々としている。

ディルは何事にも、自分の生にすら、執着しない。プリシラはもどかしかった。

ディルになにかあったら悲しむ人間がいることを、どうしてわかってくれないのだろうか。

「排除されたら……なんて簡単に言わないでよ。ディルまでいなくなるなんて、絶対に許さないいんだから」

プリシラはディルを睨みつけた。プリシラの怒りを感じ取ったディルはなだめるように、慎重に言葉を選ぶ。

「あくまでも可能性の話だよ。ルワンナ王妃が犯人だと言いきる根拠もない。もし、そうなったらの話だ」

「もしもの話でも嫌よ！」

プリシラは彼女らしくもなく、感情的に食ってかかった。ディルがいなくなる可能性を冷静に考えることなんて、できなかった。

「お願い……約束して。絶対にいなくなったりしないで。犯人なんてわからなくてもいい。自分の命を一番大切にして。絶対に死なないで」

ディルを失うなんて、彼の存在しない世界で生きていくなんて、耐えられない。

プリシラは悟った。自分がどうしようもなく、彼を愛していることを。

（私を愛してくれなくてもいい。形だけの夫婦でも、なんでもいいわ。ただ、ディル

に生きていて欲しい）

「わかった。約束する」

プリシラのまっすぐな眼差しを受けて、ディルはそう言った。優しく、強い言葉だった。プリシラは少しほっとして、こぼれかけていた涙を拭った。

「ロベルト公爵とナイードの件も、ルワンナ王妃のほうも、戻ったらもう一度探ってみる」

ディルはその言葉で話を終わりにし、「もう休もう」とプリシラを促した。

プリシラは素直に従い、寝室へ向かおうとしたが、ふと立ち止まった。振り返ってディルに問いかける。

「ひとつ聞いてもいい？」

「なんだ？」

「ディルはフレッドを嫌ってない。むしろ尊敬している。なのになぜ、いなくなればいいなんて思ったの？」

「嫌ってないし尊敬しているが、いなくなって欲しかったんだよ。本当にこんなことになるとは思ってなかったが」

よくわからないディルの答えに、プリシラは唇を尖らせた。

「相手にわかるように話さないなら、答えたとは言えないと思うわ」

プリシラの反論はもっともだろう。ディルは苦笑した。

「あいつが俺の一番欲しいものを持っていたからだよ。ただ、それだけだ」

「……それはなに？」

「さぁな。お前は知らなくても——っと、こういう言い方がダメなんだったな。そうだな、いつかお前に伝えられる日がくるといいな」

結局、ちっともわからないじゃない。プリシラはそう言おうとしたが、自分を見つめるディルの眼差しがとても優しくて、胸がきゅっと締めつけられるようで……なにも言えなくなってしまった。

「そうだ。こっちも、ひとついいか？」

今度はディルがなにかを思い出したようだ。プリシラの返事を待たずに、ディルは続けた。

「俺がお前を好みじゃないなんて、言ったことあったか？」

プリシラは面食らった。ぽかんと口を開け、目をパチパチさせる。

「え？　そんな話？　直接言われたことはないけど、ディルは年上の、色っぽいタイプの女性が好きでしょ。私とは真逆じゃない」

「だからといって、お前が好みじゃないなんてことはない」

ディルは真顔で言った。

「えっ……ありがとう。というのも、変ね。もう、急におかしなこと言わないでよ」

プリシラは自分の頬が染まっていくのを感じた。ディルの発言の意図がさっぱりわからない。またからかわれているのだろうか。

ディルがゆっくりとプリシラに歩み寄る。長い腕が伸びてきて、プリシラの首筋に触れた。

「……ディル？」

ディルはプリシラの耳もとに顔を寄せる。

「少なくとも、俺は同じベッドですやすや眠れる気はしないな。——だからまぁ、ちょっとは覚悟しといてくれよ」

寝室には大きなベッドが……ひとつだけ。黒蝶の間と違い、寝台代わりになるような大きなソファはない。

「……え、えぇ⁉」

一瞬、頭が真っ白になった。そして、ディルの言葉の意味を理解したときには、足もとから力が抜け、ぺたりと床に座り込んでしまっていた。

プリシラは恨めしげにディルを見上げる。

「そ、そんなこと言われたら、こっちも一睡もできないじゃない」

ディルはプリシラと目線を合わすようにかがみ込むと、満足気に微笑んだ。

「眠らせないために言った台詞だからな。効果があって、なによりだ」


「おい。いくらなんでも、そこじゃ朝には床に落ちているぞ」

ふたりで横になっても十分な広さのあるベッドの端っこにプリシラは小さく丸まっていた。ディルが呼びかけても、振り向きもしない。

「ついこの間は、一緒に寝ればいいとか平気な顔で言っていたじゃないか」

「だ、だって、ディルが変に意識しちゃうようなこと言うから。と、とにかく、私はいないものと思って、気にせず寝てください」

プリシラは消え入りそうな声で言うと、するすると布団を頭までかぶって姿を消した。その様子を眺めながら、ディルはくしゃくしゃと頭をかいた。

（効果ありすぎだったな……）

プリシラは自分はいないものと思えと言ったが、それはとうてい無理だ。プリシラと同じく、いや、もしかしたらそれ以上に、ディルのほうだって意識はする。

ディルは薄暗い天井を見つめながら、置かれた状況について考えてみた。たとえば、これがターナや友人の話だったらどうだろうか。そう考えると、答えはとても簡単だった。

『絶好のチャンスじゃないか。ここで動かないなんて、とんだ臆病者だ』

『男には多少の強引さも必要だよ』

自分なら間違いなくそうアドバイスするだろう。今は押すべきときなのだ。そこまでわかっていて、それでもディルは動けなかった。

タイミングだの、勢いだの、雰囲気だの、そんないい加減なもので押しきってしまうのは嫌だった。ほんの少しでも、プリシラが後悔するようなことはしたくない。

第一、フレッドが戻ってきたら、フレッドに返すつもりだったのだ。だから決して手を出してはならない。そう自分を戒めていた。

プリシラはきっと気がついてもいないだろう。

『私はあなたと添い遂げると誓ったのよ。あなたがたとえ王にならなくとも、それは変わらない』

この言葉が、どれだけディルを喜ばせたか。

『死なないで』と、プリシラが涙をこぼしてくれたこと。それだけで、これから先、自分が生きていく十分な理由になること。

「あーぁ」

ディルは右腕を折り曲げ、顔を覆った。

(俺は案外、石橋を叩きすぎて壊すタイプかもしれないな。でもまぁ……今のところはこれで十分か)

プリシラが自分を意識して眠れないというのも、少し前に比べれば大きな進歩だ。それに、同じ部屋で過ごせるだけでもディルにとっては幸せなことだ。

ディルは思わず、ふっと顔をほころばせた。そして、プリシラを呼んだ。

「さっきのは冗談だ。嫌がる女をどうこうする趣味はないよ。心配せずに、ちゃんと真ん中で寝てくれ」

プリシラは布団からちょこんと顔だけ出して、じっとディルを見つめる。

「本当?」

「誓うよ」

ディルは両手を上げて降参のポーズを取った。

プリシラがおずおずと近づいてきて、ディルの隣に横になった。肩が触れるか触れないかの距離だったが、ディルは満足だった。人の温もりは心地よいものだが、それが好きな女となれば格別だ。

「あのね、ディル」

プリシラが顔だけこちらに向けた。ディルも同じように首を回して、プリシラに向き合った。

「ん？」

「い、嫌ってわけじゃないのよ」

真っ赤に染まった顔でプリシラが言う。

ディルは耳を疑った。プリシラはどうしてこうも、無自覚に凶暴なのだろうか。きっちりと自分を律してくれていた理性が遠のきそうになるのを、ディルはあわててつかまえた。

「だから、お前は、そういうことを軽々しく言うなって何回言えば理解するんだ！」

「だって本当に嫌って気持ちとは違うんだもの」

「……やっぱり、さっきの場所に戻ってくれ。いろいろ、無理だから」

結局、ふたり揃って一睡もできないままに、朝を迎えることになってしまった。

翌日にはスワナ公が帰城して、世継ぎの男子の誕生を祝うパーティーが開かれた。

「パーティーというか、ただのどんちゃん騒ぎだな」

終わりの見えない酒盛りから逃げ出してきたディルが、あきれたようにつぶやく。

スワナ公もスワナ公国の重鎮たちも、みな異常なほどの酒好きで、飲めや歌えやの大騒ぎだった。

はっきり言って、ミレイア王国で同じことをすれば、品がないと白い目で見られることだろう。

「でも、ちょっとうらやましいわ。上品ぶった顔で腹の探り合いをしているミレイア宮廷のパーティーと違って、みんな本当に楽しそうだもの」

率直すぎるプリシラの感想に、ディルもうなずいた。

「スワナ公が信頼されている証拠だな。来てよかった。いろいろと勉強になったよ」

ミレイア国王のように強さと厳しさで国を治めるのもひとつの道だが、スワナ公のようなやり方もある。ディルはスワナ公からおおいに刺激を受けたようだった。

ディルとはまた違う理由で、プリシラもこの国に来られてよかったとしみじみ感じていた。

「あぁ、マリー叔母上が呼んでいる。行こう」

そう言って差し出されたディルの手を、プリシラは迷わず握り返した。ごく自然に手を取り合える。そのことがとてもうれしかった。

（少しずつでいい。信頼と愛情を積み重ねていきたい。そうしたら、義務として始まった私たちも、いつか本物の夫婦になれるかもしれない）

夕刻、プリシラは私室である黒蝶の間で、語学の勉強に励んでいた。古代ミア語は現在では使われていないが、歴史を学ぶうえで不可欠の言語だった。

スワナ公国からミレイア王宮に戻ってきてから、一週間が経過していた。

ディルは留守にしていた間の仕事を片づけるのに忙しく、夜も執務室で仮眠を取る程度で済ますことが多かった。

昨夜、ちらりと姿を見かけたのだが、ずいぶんと疲れた様子だった。

(ディルは面倒くさがりだから……きっと食事もパンをかじるくらいしかしていないはず。野菜スープでも作って届けたら、喜んでくれるかしら?)

思いつきにしてはいい案だと、プリシラは早速行動に移すことにした。辞書を閉じると、花瓶の水替えをしてくれていたリズに声をかける。

「リズ。厨房を少し貸してもらえるか、料理長に聞いてきてくれるかしら?」

王太子宮には専用の厨房がある。もう夕食の仕込みは終わっている頃だし、隅っこを借りるくらいなら問題ないはずだ。

「昼食が足りませんでしたか？　サンドイッチくらいなら厨房の者に頼めばすぐに用意してもらえると思いますよ」

「ううん。昼食はおいしかったし、お腹もいっぱいよ。そうじゃなくて……その……ディル殿下にスープの差し入れでもと思って」

なんだか気恥ずかしくて、意味もなく早口になってしまう。

「あっ、もちろん料理長が作ったディナーのほうがおいしいのはわかっているんだけどね！　ただ、たまには手作りするのも悪くないかなって」

「かしこまりました！　そういうことなら早速、厨房に頼んできますね」

リズはにっこりと微笑んで、プリシラの頼みを聞き入れてくれた。

「……気持ちはうれしいが、お前の手料理は遠慮しとく」

リズが駆け足で部屋を出ていこうとするのとほぼ同時に、ディルが扉を開けて入ってきた。激務で少しやつれた顔に、苦笑いを浮かべている。

「ディル⁉」

「王太子殿下⁉」

プリシラとリズは同時に驚きの声をあげた。

リズはあわてて頭を下げ、ディルのために道を空けた。が、その道を通ったのはプリシラだった。ディルの目の前で止まると、ぷくっと頬を膨らませた。

「私の手料理は……ってどういう意味かしら？」

「今はやらなきゃいけない仕事が山積みなんだ。お前の独創的すぎる料理で、腹でも壊したら、大変だからな」

「なっ、失礼ねぇ。スープくらい作れるわよ」

プリシラは自信満々だったが、才色兼備で名高いロベルト公爵令嬢の唯一の欠点が料理であることは、一部では有名だった。もちろん、付き合いの長いディルは何度も被害にあっている。

「どうせ果実ジャム入りの野菜スープとかだろ？　決して味音痴ではないのに、自分で作るとダメってのはなんなんだろうな」

嫌みではなく心底不思議だという顔で、ディルは首をかしげた。

「せっかく作るならオリジナルなものをと考えているだけなのに。それに私はおいしいって思っているし」

「……まぁ、たしかに個性的ではあるな。いつだったかの胡椒味のケーキは忘れたくても忘れられないよ」

「うぅ……」

悔しそうに口ごもってしまったプリシラの頭を、ディルはポンポンと軽く叩いた。

「それに、今夜は一緒に夕食を取ろうと思ってきたんだ。だから夜食のスープは必要ない」

「えっ。本当?」

プリシラの表情がぱっと明るくなる。ついさっきまで拗ねていたのが嘘のようだ。

「それなら、今夜のディナーはこの黒蝶の間に用意してもらうよう料理長に話してきましょうか?　せっかくですもの。ふたりきりでゆっくりなさってくださいな」

リズがポンと手を打って、そう提案した。給仕の人間がずっとそばから離れない食堂では落ち着いて話もできない。リズの提案は、プリシラにとってはうれしいものだった。

「あ。申し訳ございません。王太子殿下の御前だというのに、出すぎたまねを……」

「いや。よく気のつく侍女がいてくれて、安心だ。プリシラはしっかりしているように見えて、時々アレだから。これからもよろしく頼む」

恐縮して小さくなってしまったリズにディルは優しく声をかける。

「あ……えっと……」

リズはなにかをためらうようにうつむき、言葉を止めた。

「どうかしたの？　リズ」

いつもハキハキと話すリズらしくない。王太子の前で緊張しているのだろうか。プリシラが心配そうに顔を覗き込むと、リズはあわてて笑顔をつくった。が、なんだか無理をしているように見えた。

「なんでもないんです。料理長のところに行ってきます」

パタパタと駆け出していったリズのうしろ姿を見つめながら、プリシラは心配そうに言った。

「具合でも悪いのかしら……」

「彼女はロベルト公爵家から？」

ディルに問われ、プリシラは首を振った。

「いいえ。王家に輿入れするのに実家の人間を連れていくのは非礼だと聞いていたから。リズはもともと王宮勤めで……そうそう、たしかルワンナ王妃の宮にいたのよ」

「そうか」

「彼女がなにか？」

「いや。気の合う侍女のようで、よかったな」

ディルはほかにもなにか言いたいことがあるように見えたが、厨房の者たちが入ってきてディナーの準備が始まったため、会話はそこで終わりになってしまった。

「それでは、私どもは失礼させていただきますが料理になにかあれば、すぐにお声がけくださいませ」

「私は隣のお部屋に控えていますね」

料理長とリズがそう言って部屋を出ていくと、プリシラとディルに久しぶりのふたりきりの時間が訪れた。

「とりあえず、食べましょうか。ディルは少し疲れているみたいだから、しっかり栄養を取ってね」

「そうだな」

厨房の者たちが腕によりをかけてこしらえる料理はいつも絶品だが、一緒に食事する相手がいるだけで、いつもより何倍もおいしく感じる。

「おいしい！　このところ、ひとりで食べることばかりで、なんだか少し味気ない気がしていたから。やっぱり食事は誰かと一緒が一番よね」

実家ではローザやアナが一緒に食卓を囲むこともあったが、さすがに王太子宮は規律が厳しく、リズや侍女たちがプリシラの隣に座ることは難しいのだった。

「退屈させてしまって悪い。ちょっと仕事が立て込んでいてな」

「あぁ、ごめんなさい。ディルを責めるつもりはないの。ただ今日は本当に楽しいの。だから、ありがとう」

「うん」

ディルは穏やかな瞳でプリシラを見つめ、ふわりと微笑んだ。プリシラはその表情に、思わずはっとさせられた。

ディルとは長い付き合いだ。いろんな彼を見てきたつもりだった。けれど……こんなふうに、まだ知らなかった新しい彼を見つけてしまうと、どうしようもなく心がざわつく。

甘い胸の高鳴りに気がつかないふりをするのは、もう無理だった。

(フレッドのこと、お父様のこと。それを考えると浮かれているような状況じゃないのは、わかっている。だけど、今だけ……ほんの少し、素直に喜んでもいいかしら)

ディルとこんなふうに和やかに食事をすることなんて、結婚が決まった当初はとても考えられなかった。すれ違い、ぶつかってばかりだった。気のおけない幼なじみのままでいたかった……。そう思ってしまったことも、一度じゃない。

そこから比べたら、自分たちの関係はずいぶん進歩したのではないだろうか。夫婦に近づけているような気がする。

　プリシラの心は弾み、自然と笑みがこぼれる。

「誰かとの食事がそんなにうれしいのなら、貴族の婦人たちを自由に招いてもかまわないぞ。プリシラはあまり好きじゃないだろうと思って黙っていたが、みんな誘いを待っているようだから」

「そうねぇ」

　ディルに言われるまで思いつきもしなかったが、身分のつり合う貴族のご婦人方ならこの黒蝶の間に招いて、お茶会やらお食事会やらを開くこともできるのだ。

　実際、ルワンナ王妃のサロンは有名で招待されるのは宮廷婦人にとって最高の栄誉だと言われている。

　それほど大袈裟にしなくても、旧知の友人を数人招くくらいならいいかもしれない。

　そこまで考えてから、プリシラは自分がちっとも気乗りしていないことに気がついた。

「いえ、やっぱりやめとくわ。私、誰かと食事がしたいんじゃないみたい」

「うん？」

　誰かは、誰でもいいわけじゃなかった。プリシラはくすりと笑うと、いたずらっぽい瞳でディルを見た。

「あなたと一緒に食事がしたかったみたい。だから、また時間のあるときには声をかけてね」

ディルは驚いたように軽く目を見開いて、それから手の甲で口もとを隠した。これは、照れたときのディルの癖だ。

(この顔は昔から知っている。でも、大人になってから見たのは初めてかもしれない)

新しい顔も、懐かしい顔も、彼のどんな表情も愛おしく思える。鍵をかけて心の奥底にしまっていた恋心、見ないふりをしてきたそれが、いつの間にか勝手に大きくなってあふれ出てきてしまっている。

自分でも制御できないその感情が、プリシラは少し怖いような気もした。

「いいのか？　そんな顔されると、食事だけじゃ終われないかもしれないぞ」

ディルはからかうように言ったが、プリシラは真っ赤な顔で小さくうなずいた。

「う、うん」

「なんというか……そんな素直な反応をされると、かえってやりづらいな。結婚が決まった頃、人形みたいな顔で俺を拒絶していた女とは別人みたいだ」

ディルは居心地悪そうに視線を逸らしながら言った。遊び人のくせして、意外と照れ屋なのはディルの憎めないところだ。

「ただの義務だからって突き放したのはディルのほうでしょ」

人形みたいな顔で取り繕っていたのは、義務だと言いきるディルに合わせただけだ。自分は別にディルを拒絶したつもりはなかった。

「別に責めるつもりはないよ。婚約者が失踪して、いきなり違う男と結婚しろって言われたらどんな女も拒絶するだろう」

プリシラは曖昧にうなずいた。フレッドの失踪がショックだったのは事実だ。ディルとの結婚がすぐには受け入れられなかったことも。けれど、ディルはなにか思い違いをしているような気がする。

「義務と言ったのは、それが一番お前に負担がないように思ったんだよ。好きな男の生死もわからぬままほかの男、しかも弟となんて、義務だと割りきるほかないだろう」

「ちがっ……」

プリシラは思わず席を立って、声をあげてしまった。

好きな男。フレッドのことはもちろん好きだ。婚約者として、尊敬もしていたし信頼もしていた。今はどんな形でもいいから、生きていて欲しいと願っている。だけど、男女の恋や愛とはまったく違う感情だ。フレッドのほうも同じだろう。世間知らずのプリシラにもそれはわかる。だが、ディルはそこを誤解しているような口ぶりだった。

「どうした？　急に立ち上がって」

「違う！　違うよ。好きなのは、ずっと好きだったのは――」

あなたなのに。そう言おうとしたが、言葉に詰まった。ディルはきっと、プリシラが婚約後に、きちんとフレッドを好きになれたと思っているのだろう。その誤解をとくのは簡単だ。

けれど、それをしたからといって、ディルがプリシラの気持ちを受け止めてくれるわけではない。

恋人のように愛されることは望まない。夫婦としての信頼関係を得るために努力しよう。そう自分で決めたばかりじゃないか。せっかく、いい関係になれつつあるのに、欲張ってはいけない。

そんな気持ちがプリシラの恋心に、ブレーキをかけた。

「ごめんなさい。なんでもないの。別にディルだから拒絶したわけじゃないのよ。相手が誰でも、きっと困惑して同じような態度を取っていたわ」

なぜ、嘘をつくときほど言葉はスラスラと自然に出てくるのだろう。プリシラのついた小さな嘘に、ディルは気がついていないようだった。

本当はディルだから困惑したのだ。ディルが好きだったからこそ、どんな態度を取ったらいいかわからなかったのだ。

食事を終えた後、ディルが切り出してきた話は楽しいものではなかった。

「スワナ公国で約束した通り、ナイードについて少し調べた。あまり公言していないようだが、彼はルワンナ王妃と同じソルボンの出だ。ふたりはミレイア王国に来た時期も、同じくらいだな」

「ソルボンでふたりは知り合いだったのかしら？」

「可能性はあるな。今もナイードは王宮に出入りできるのだから、王妃とも交流は可能だ」

「う〜ん、悩ましいわね。ナイードが黒なのは間違いなさそうだけど、手綱を引くのはお父様か、ルワンナ王妃か……どちらの可能性もあるってこと？」

「ナイードが主導で、公爵や王妃は利用されている可能性もあるな」

「……なんだか、結局いつも同じところに行きつくわね。みんな怪しいような、そうでもないような」

プリシラはため息とともに、窓の外に目を向けた。

外はもう日が落ちて、真っ暗だった。ここ数日、天候が不安定だ。嵐でも近づいているのだろうか。強風に煽られて、木々が大きく揺れている。

その様子を見ているだけで、不安をかき立てられる。プリシラは思わず、きゅっと身をすくめた。

「フレッドはどうしているかな?」

ディルがぽつりとつぶやいた。まるで旅行中の兄を思い出したかのような気軽さだった。

「え?」

「別になんの根拠もないいんだが、俺は、フレッドは生きていると思う」

「本当に⁉」

身を乗り出して聞き返したプリシラに、ディルは苦笑を返す。

「根拠はないって言ったろ。そんなうれしそうな顔されても困る。けど、生きている。そんな気がする」

「うん、うん。たったふたりの兄弟だもの。なにかテレパシーみたいな、通じ合うものがあるのね!」

「いや、そんな特殊能力はないけども」

ディルはプリシラの勢いに押され気味だ。

たとえただの勘でも、プリシラはディルがそう信じていることがうれしかった。情けないけれど、婚約者だった自分よりきっとディルのほうがフレッドという人間を正しく理解しているように思うからだ。

「外が騒がしくなってきたな。しっかり戸締りして休めよ」

「うん。ディルもあまり無理せずにね」

プリシラは執務室に戻るというディルを見送った。

かなり勇気を出して、泊まっていかないかと誘ってみたのだが、やりかけの仕事があると断られてしまった。

(今日はもう時間が空いたのかと思っていたけど、違ったのね。あら？ じゃあ、夕食のためにわざわざ来てくれたってこと？)

信頼し合える夫婦に。それがプリシラの願いだったが、一方通行だとばかり思っていた。でも、そうではないのかもしれない。もしかしたらディルも応えようとしてくれているのかも。

(うん、やっぱり間違ってなかった。恋愛はできなくても、よき夫婦を目指すことはできるんだわ)

プリシラはうれしさを噛みしめた。先ほどまでは不吉の前触れのように感じていた外の嵐も、もうちっとも怖くはなかった。

執務室にて。今夜中に読み終えておきたい文献の、ページをめくる速度がいつもより数段遅くなっていることを自覚し、ディルは小さく舌打ちした。

『あの、えっと。よかったら、一緒に……寝る?』

頬を染めてうつむくプリシラの顔と、ささやかれた台詞が頭から離れなかった。

「言葉の選び方がおかしいだろっ」

今さらつっこみを入れてみたものの、プリシラには届かない。

ミレイア王宮では、男性が自ら女性のもとを訪れるのが正しい作法とされている。たとえ国王であっても、女性を自分の部屋に呼びつけるのはスマートではないとされているのだ。つまり、妃の部屋が夫婦の寝室ということだ。だから、プリシラの発言は間違いではない。ディルが黒蝶の間で夜を過ごすのは普通、むしろ推奨されるべきことだ。

(それにしても、あの台詞は……無邪気なだけなのか、意外と大胆なのか……)

目が文字を追っているだけで、内容がまったく頭に入ってこない。

ディルはあきらめて文献を閉じると、机から離れ書棚のほうへ向かった。とくに目的はないが、少し歩いて頭を冷やそうと思ったからだ。

広い執務室の奥には背の高い書棚がいくつも並んでいて、小さな図書館といっても差し支えないくらいだ。ここにある本は歴代の王太子が自由に集めたものだが、学問好きなフレッドがかなり蔵書を増やしたと聞いている。

　辞書、図鑑、歴史書、詩集。膨大な数の本が種類、年代別にきっちりと並べられている。わりと大雑把なところのあるディルは読み終えた本をついつい乱雑に戻してしまいそうになるが、そのたびにフレッドのとがめる声が聞こえるような気がして、渋々ながら彼のやり方を踏襲していた。

「ん？」

　あてもなくぼんやりと背表紙を流し見ていたディルだったが、かすかな違和感を覚えてふと視線を止めた。

「あぁ、これか」

　年季のはいった赤いビロードの背表紙に指をかけ、引っ張り出した。

『ハインリヒ航海術　第八巻』

　ハインリヒは海王の異名を持つ、ミレイア王国創成期の国王だ。海洋国家であるミレイア王国にとって彼が確立した航海術は王国発展の礎となった。この本はその技術を後世に残すべくまとめられたもので、全十二巻から成る。

　造船や航海の知識や技術は常に進化し続けているため、今となっては時代遅れでさほど有益な文献ではない。が、上流階級の子弟なら教養として学んでおくべきものと位置づけられていた。当然ディルも読んだことがあるし、ハインリヒ王を崇拝していたフレッドは暗記するほどに読み込んでいたはずだ。

「なんで、これだけ？　フレッドにしては珍しいな」

違和感の正体は本そのものではない。これだけ整然と並んだ書物の中で、この第八巻だけが第一巻の前に置かれていたのだ。

(俺はこの本を開いた覚えはないし、フレッドだよな？　これを片づけるときに、よほどあわてていたのかな)

ディルは不思議に思いつつも、八巻を正しい位置に戻そうとした。そのとき、本の隙間からはらりとなにかが落ちた。自分の靴の上にのったそれを、ディルはつまみ上げた。

手紙だった。古いものなのか、紙がかすかに色あせている。

フレッドのものだろうとは思ったが、とくに罪悪感を抱くこともなく、ディルはそれを開いた。

「これは……どういうことだ？」

すべて読み終えたディルは、思わずごくりと息をのんだ。とんでもないものに遭遇してしまった。すばやく手紙を胸ポケットにしまうと、執務室を飛び出した。

「ターナ！　いるか？」

　ターナを捜し、声をあげた。至急、確認しなければならない。手紙の真偽と真実を。

「え？　出かけた？　変ね。昨夜はそんなこと言ってなかったのに……」

「はい。急用だとおっしゃって、ターナさんと一緒に夜のうちに発たれました」

　ディルが王太子となってから増員された側近のひとり、カハルは自身も困惑した様子で、プリシラにディルの状況を伝えた。

「ターナが一緒なら安心だけど。いったいどこへ？」

「ユーレナへ行くとおっしゃっていました。遅くとも二、三日で戻るから、心配しないでくれと」

「ユーレナ？」

　ユーレナは王都シアンよりずっと南に位置する古都だ。はるか昔にミレイア王家とは別の王朝が栄えた歴史ある町だが、今はただの片田舎だ。王太子が出向くような場所ではないはずだが……。

「すみません。お役に立てなくて」

カハルがすまなそうに頭を下げる。

「そんなことないわ。わざわざありがとう。殿下が心配するなと言っているんだから、大丈夫よ」

プリシラはカハルの労をねぎらってから彼を帰した。

どんな急用なのか気にならないといえば嘘になるが、今はおとなしく帰りを待つしかないだろう。

「お父様と話をしていいか、ディルに相談しようと思っていたけど……」

ナイードに不審な動きがあることをロベルト公爵は把握しているのか、さらに言えばフレッドをさらったのは公爵なのかどうか。もう面と向かって問いつめてしまおうとプリシラは考えていた。それについてのディルの意見を聞きたかったのだが、仕方がない。

「うーん。事後報告でいいかしら。ごめんね、ディル」

プリシラは早速、公爵に使いを出すことに決めた。毎日のように王宮に顔を出しているのだから、早ければ明日にでも時間をつくってくれるだろう。

そのときだった。ドンドンドンと、ずいぶん乱暴に部屋の扉がノックされた。

「誰かしら？」

リズもほかの侍女たちも所用で出払っていたため、プリシラは自ら扉を開けた。

「えっ……」

予想もしていなかった訪問者にプリシラは困惑した。はっきり言って、あまり歓迎したくはない客だ。濃紺の制服に身を包み、腰に短剣を携えた男がふたり。王都の治安維持や犯罪捜査を業務とする王都警備隊の隊員たちだ。

上役なのであろう中年の男が口を開いた。彼の顔にはプリシラも見覚えがあった。たしか王都警備隊の上層部のひとりだ。

「王太子妃殿下。朝早くから失礼して、大変申し訳ございません。私は王都警備隊の副司令官を務めるバレットと申します。こっちは部下のイザークです」

バレットはその役職から考えると意外なほど柔和な顔つきをしており、プリシラに最低限の礼を尽くしてくれた。

そんな彼を守るようにぴたりと背後についているイザークは年は三十代半ばくらいだろうか。いっさいの隙のない立ち姿だけで腕が立つのがわかるが、バレットと違い愛想はないようだ。軽く頭を下げただけで、にこりともしない。

「副司令官がわざわざ出向いてくださるということは、あまり楽しいお話じゃなさそうね」

「残念ながらその通りでございます。単刀直入にお伝えしますが、お父上であるロベルト公爵にフレッド前王太子殿下の拉致・暗殺疑惑がかかっております」

プリシラは細く、ゆっくりと息を吐いた。案外と驚きはなかった。いつかは起こりうることのような気がしていたからだ。

「そうですか。お父様は王都警備隊の取り調べを受けるのね。私も身柄を拘束されるのかしら？」

王太子暗殺などという大罪の容疑者の娘を王宮に置いておくわけにはもちろんいかないのだろう。

「お父上はグラナの塔で我々の監視下に置かせていただきます。プリシラ様は王太子妃という立場を考慮して、拘束とまではいきませんが……リノ離宮で御身を預からせていただきます。護衛兼監視が数名つきますので、自由はないものとお考えください」

リノ離宮は王家の所有する古城のひとつで、王都からだとディルが向かったユーレナより少し手前に位置する。近年はほとんど使われていないから、居心地はあまりよいものではないだろう。

「わかりました。生活に必要なものは持っていっていいのかしら？　さすがに着たきり雀は嫌だわ」

プリシラは自身の着ている裾の長い華やかなドレスを見ながら、たずねた。軟禁生活がいつまで続くのかはわからないが、許してくれるのならもう少し動きやすい服装に着替えたかった。

「すべて向こうで用意させます」

「私物の持ち出しは不可ってことね。では、今すぐにでも出発できるわ」

「申し訳ございません。イザーク、プリシラ様にマントを。視界が悪くなるから、手を貸してやれ」

イザークは小さくうなずくと、黒いマントをプリシラの肩にかけた。

「あなたの髪は目立つので、フードもかぶっておいたほうがよいかと」

「……なるほど。ありがとう」

このマントは他者からの目隠しが目的なのだ。どうせすぐに噂は広まるだろうが、ジロジロと見られるのは気分のよいものではない。

プリシラはイザークの助言に従い、フードを目深にかぶった。

「お手をどうぞ」

上官の命令に忠実に、イザークが手を差し出したがプリシラはそれを断った。

「大丈夫よ。すっかり歩き慣れた王宮ですもの。まさかリノ離宮まで歩けと言うわけではないでしょう」

「ご心配なく。馬車を用意していますから」

プリシラの冗談に、バレットが苦笑して答える。

「馬車まではイザークがお供させていただきますが、この通り無愛想な男なのでプリシラ様が不愉快な思いをしないといいのですが……」

イザークとプリシラは人目につかない裏道を抜けるようにして歩いた。

そして、バレットが心配した通りに、プリシラは居心地の悪い思いをさせられていた。不信感いっぱいの鋭い眼差しがイザークから注がれ続けているからだ。

プリシラはたまらずに立ち止まって、彼を見る。

「職務熱心なのはよいことと思うけど、そんなに警戒する必要ないわよ。私は逃げないし、自害もしないから」

イザークは相変わらずの無表情だったが、少しだけプリシラに興味がわいたのか視線を合わせてきた。彼の紫紺の瞳は、夜の闇のように、厳しく美しい。

「苦労知らずのお姫様のわりには意外と逞しいんですね。それとも……下手したら自分の首も危ないってことに気づいてないだけですか?」

「私の命は、我が国の民のものよ。私が惜しむことはないわ」

イザークは片方の眉をつり上げて、ふんと鼻で笑った。

「本心ならあっぱれですね。ま、建前だとしてもそこまで堂々と嘘がつけるなら立派ですよ」

プリシラはイザークの言葉をしばし考えて、堂々と嘘をついた。にっこり笑って、こう言ったのだ。

「もちろん、本心からよ」

「……いいですね。絞首台に上がる寸前にも、同じように微笑んでみせてください」

「ずいぶんと手厳しいわね」

絞首台の上でも誇りと威厳を失わずに。果たして、自分にそんなまねができるだろうか。

いつの間にか本心を隠すのがうまくなってしまっただけで、あるべき姿を演じるのに慣れてしまっただけで、本当の自分はちっぽけで弱い人間だ。

父親の死も、自分の死も、怖くてたまらない。今だって、できることなら逃げてしまいたい。不器用だけど優しい、あの手にすがりたい。

「イザークと言ったかしら？　ひとつだけ教えてもらえる？」

「なんですか？」

「もし私がなんらかの罰を受けることになった場合、夫である王太子殿下に累が及ぶことはあるの？」

「普通に考えたらそれはないでしょうね。ただ、俺みたいな下っ端にはどうにもできない圧力がかかる場合は知りませんよ。白いものを黒くする魔法を使える人間もいますからね」

「そう……」

「あぁ、馬車の用意もできているみたいです。どうぞ」

イザークの視線の先に、装飾は地味だが頑丈そうな馬車が止まっていた。

プリシラは一歩踏み出そうとして、立ち止まった。ゆっくりと振り返る。もうこの王宮に戻ってくることはできないかもしれない。自分だけでなくディルにまで危険が及ぶかもしれない。そう思うと、絶望で足が動かなくなりそうだった。

（ダメ、ダメ。悪いほうに考えるのは、やめよう。演技でも強がりでも、とにかく今は気を強く持たないと）

プリシラは両手でパチンと自分の頬を叩いた。そして、顔を上げ、きっと前を見据えた。イザークはその様子を黙って見つめていたが、馬車に乗り込むプリシラの背中に声をかけた。

「さっきは絞首台なんて言って脅しましたが、あなたは無事に王妃になられるような気がしますよ。俺の勘はよくあたるんで、安心してください」

「え？」

プリシラが振り返ると、イザークは右手を自身の左肩に添え、膝をついた。ミレイア王国では最上級の敬礼だ。

「次期王妃のお帰りを、心よりお待ち申し上げております。道中、お気をつけて」

プリシラは微笑んだ。予想外の励ましの言葉がうれしかった。

「ありがとう、イザーク」

リノ離宮には日暮れ頃に到着した。かなり古い建物だが、予想よりずっと丁寧に手入れがなされていた。

「あぁ、はい。週に三度、私が掃除に通っておりますから」

ここの管理を担っているという老爺(ろうや)がそう説明してくれた。いろいろ聞きたいこともあったが、かなりの高齢で耳が遠いらしく、なかなか会話にならない。

彼以外には門番として四、五人の兵がいたが、彼らにとってプリシラは監視対象なので親しく口をきいてはくれないだろう。

それに、ちらりと姿を見ただけだが、王宮の護衛官とはずいぶん雰囲気が違った。荒っぽいというのか、とにかくあまり近寄りたい感じではない。

プリシラは夕食として出された冷めたスープとパンを食べ終えると、老爺に礼を言って部屋に引き上げた。

部屋の前にも監視の兵がつくのかと思いきや、一向に人が来る気配はなかった。

(意外とゆるいのね。まぁ、この造りだと入口ひとつ塞いでおけば十分なのかしら)

プリシラは窓の外を眺めながら、冷静にそんなことを考えていた。

リノ離宮は小さな建物だが、堅牢な石壁に囲われており、出入口はひとつだけ。

プリシラひとりで石壁を飛び越えるのは不可能だし、万が一それができても建物の背面には湖が広がっている。逃げ出すには兵のいる門の前を通るよりほかにはない。だから建物内までは監視は不要と判断しているのだろう。

ベッドは床のように硬いが、清潔なシーツがかけられているし、数日分の着替えも用意されていた。

快適とは言いがたいが、困ることはなさそうだ。

「退屈しそうだけど、しばらくはここで暮らすしかないものね」

むしろ絶望的な環境でなかったことに、感謝すべきかもしれない。

夜も更けて、プリシラもようやく眠りにつこうとしていたときだった。外から、それまでの静けさが嘘のような嬌声が聞こえてきた。

「なにかあったのかしら？」

ベッドから体を起こし、耳をすました。なにかの事件か……と不安に思ったが、なんのことはない。門番の兵たちが酒盛りをして騒いでいるようだった。男たちの楽しそうな笑い声が響いている。

「――あきれた勤務態度ねぇ」

王宮の門番では考えられないことだが、プリシラひとりの監視程度の任務では気が緩むのも仕方ないのかもしれない。

プリシラはため息をついて、再びベッドに横になろうとした。そのとき、すぐ近くの窓に黒い人影が映った。

「ひっ」

大声で叫びそうになるのを必死にこらえて、あわてて布団を引き寄せる。

（ご、強盗？　あの門番たち、酒盛りしている場合じゃないじゃないの！）

心の中で門番たちを罵倒しつつも、武器になりそうなものはないか室内に目を走らせる。部屋の片隅に古びた壺を発見し、覚悟を決めてそちらに走りだした。

プリシラが壺を手にするのと、ギギィと嫌な音をたてて窓が開き誰かが侵入してくるのがほぼ同時だった。

「止まりなさいっ。と、止まらないと殴るわよ」

プリシラは頭上に壺をかかげて、叫んだ。声が震えてしまい、いまいち決まらなかったが、かろうじて相手の動きを止めることができた。

が、持ち上げた壺は予想外に重くプリシラはバランスを崩してしまった。

「わ、わわわ」

足もとがふらつき、手を離してしまった壺はプリシラの体をめがけて落ちてくる。

「あぶなっ」

聞き覚えのある声が壺の割れる音にかき消される。落ちてくる壺からプリシラの体をかばうように一緒に倒れ込んだ侵入者は、プリシラが誰よりも会いたいと望んでいた人物だった。

「――我が妻がこんなに逞しいとは知らなかったな」

「ディル⁉」

目の前でディルが笑っていることが、すぐには信じられなかった。幻を見ているような思いだ。

「あぁ、血が……」

ディルの頬にはうっすらと血が滲んでいた。プリシラをかばって、割れた壺の破片を受けたせいだろう。プリシラは指先でそっと傷口に触れた。

ディルの温もりを感じて、ようやく彼が現実に隣にいることを実感できた。

「もうっ。ディルは夜中に忍び込んでくるばっかりね。普通に登場できないの？」

「今回ばかりは俺のせいじゃないだろ」

ふたりは互いに顔を見て、笑い合った。

ディルは用事を済ませてユーレナを出ようとしていたところで伝令を受けて、ロベルト公爵やプリシラの状況を知った。

「俺にも至急王宮に戻るようにとの命だったが、一度戻ったら自由には動けないと思って直接こっちに来ることにした」

「そうなのね。門番の兵たちは大丈夫だったの？　酔っぱらって、ディルに気づかなかったのかしら？」

「いや。正々堂々と挨拶して入ってきた」

「どういうこと？」

ディルは苦笑して答える。

「本当はかっこよく岩壁を登って侵入するつもりだったんだが……あいつらはならず者の雇われ兵士のようだったから作戦変更した」

「どうしたの？」

「賄賂を贈った」

「――それは、たしかにかっこよくないわねぇ」

「ついでに告白すると、賄賂は結婚式でお前にもらった指輪についていたエメラルドだ。全員で山分けしても、数年は遊んで暮らせるだろうな」

ディルは悪びれるふうもなく、あっけらかんと白状した。

「別にいいけど……いいんだけど……一応、あれは誓いの意味がこめられているんじゃ」

夫が結婚指輪をポイと他人に譲ってしまって喜ぶ妻はいないだろう。プリシラとしては複雑な気持ちだ。

「指輪なんかより、今お前に会っておくことのほうが大事だと思った」

ディルは真面目な顔で、じっとプリシラを見つめた。その表情から彼の覚悟が伝わってくる。王宮からの命令を無視しこんなことをすればディル自身の立場も危うくなる。それも承知のうえで、プリシラに会いにきてくれたのだ。

「……ありがとう。もしかしたら、もう会えないかもって思っていた。だから……うれしい。もう一度、あなたに会えてよかった」

ずっと気丈に振る舞っていたが、ディルの顔を見たら緊張の糸が緩んでしまった。

プリシラの目尻に浮かんだ涙をディルが優しく拭う。

「頭の片隅でね、お父様が犯人だったらいいのにとも思っている。親不孝な娘よね。けど、それならあなたの身は安全だもの。もしルワンナ王妃が真犯人だったら、あなたも危ないから……」

押し殺していた不安や弱音がポロポロと出てきてしまう。

震える声で話し続けるプリシラを、ディルはぎゅっと、力強く抱き寄せた。

愛する人に守られている幸福と、もうすぐこの彼の手を失ってしまうかもしれないという絶望の間で、プリシラは揺れた。

「あぁ。でも、ディルを支えられる妻になるって、そう約束したばかりなのに、果たせないかもしれないのね」

公爵が犯人と断定されれば、当然ディルとは離縁、王太子妃の身分は剥奪される。命だけは助けられたとしても、二度と王宮には戻れない。

「たとえロベルト公爵が犯人だったとしても、お前は必ず取り戻す。私利私欲を優先させる傲慢な王子だとそしられてもかまわない。これだけは覚えておいてくれ。俺の妻は……お前だけだ」

真摯な口調でそんなふうに言われ、プリシラの胸は熱く高鳴る。

「ふふっ。ディルにそんなふうに言ってもらえるなら、軟禁されるのも悪くないわね」

「――馬鹿っ」

「本当よ」

形だけの妻としての役割も果たせなかった自分を、ディルは妻だと言ってくれた。これ以上にうれしいことがあるだろうか。

プリシラはおずおずとディルの背中に手を回すと、きゅっと力をこめて抱きしめ返した。そのまま、彼の胸に顔を埋めて、小さな声でささやく。

「ディル。ひとつだけお願いがあるの。絶対にイエスと言ってくれる?」

「それはお願いの内容次第だろ」

「ダメ。絶対にきいてくれると約束してくれなきゃ、話せないわ」

「卑怯だな」

「その通りよ」

ディルはあきれたというように、ため息を落とす。

「……わかったよ。まぁ、お前のお願いを断れないのは昔からだ」

プリシラは上目遣いにディルを見上げた。ゆっくりと口を開く。

「……私を、ディルの本当の妻にして。一度だけでいいの」

こんなお願いを、女の自分から口にするなんて、ひどくはしたないことだ。ディルはあきれるだろうか。

(でも、軽蔑されたとしてもいい。どうしても伝えたい思いがあるんだもの)

「子どもの頃から、ずっとずっとディルが好きだったの。振られても、フレッドとの婚約が決まった後も、私はあなたしか見てなかった」

ディルはぽかんと口を開けて、心底驚いたという顔をしている。

「――俺を好きって……」

「そうよ。ディルは鈍くて、気づいてなかったかもしれないけど！」

「いや、フレッドは？　あいつとの婚約が発表されてからは、フレッドにふさわしい女になるっていつも言っていたじゃないか」

「そう言うしかないじゃない！　あなたには振られて、自分の気持ちなんて関係なしにフレッドとの婚約も決められて。フレッドを好きになろうと努力はしたのよ。でも、どうしても……ディルへの思いは消せなかった」

ディルは黙って、じっとプリシラを見つめている。

「同情でも、戯れでも、なんでもいい。……私をディルのものにして」

そう言ったプリシラは、耳まで真っ赤に染まっていた。

早鐘のように打ちつける鼓動は自分のものか、それともディルのものだろうか。

互いの熱が溶け合うほどに、彼を近くに感じる。もう会えないかもしれない。ならば、せめて一度だけ……。そう望むのは贅沢だろうか。

「——卑怯というより反則に近いな。こんなの、絶対に抗えないだろ」

そんな台詞とともに、ディルの端正な顔が近づいてくる。熱っぽい瞳で見つめられれば、抗えないのはプリシラのほうだ。身じろぎもできず、体を硬くする。コツンと額がぶつかり、鼻先が触れ合う。その瞬間、彼は甘く、妖しい獣に姿を変えた。

「——んっ」

噛みつくような、むさぼるような、激しいキス。こんなキスは知らない。プリシラは息をすることも忘れ、ただただディルの熱を受け止めた。

ひとしきり唇を味わい尽くしてから、彼はようやくプリシラを解放した。

「——っと。ここで流されたら、これまでの我慢が水の泡だな」

「え、なぁに?」

「ちょっと手、貸して」

ディルは自分の胸ポケットからなにかを取り出すと、プリシラの手のひらにそれを落とした。

「それ、覚えているか?」

「なに? 指輪? ……嘘。これって……」

信じられない思いで、プリシラは自身の手にあるものを見つめる。それは美しい指輪だった。繊細な細工に、キラキラと輝く大粒のペリドット。

(忘れるはずないわ。これは、あの日、私がディルに贈った――)

「なんでここにあるの⁉ あれは投げ捨ててしまったはずよ」

振られたショックで丘の上から投げ捨てたのだ。行方なんてわかるはずがない。

「すぐに捜して拾った。お前が勢いよく放り投げるから大変だったんだぞ。それからは、ずっとここに」

ディルは自分の胸ポケットを指して言った。

「結婚式のエメラルドをあいつらに渡したのは、俺にはそれがあるからだ。俺にとってはその指輪のほうが大事だから」

「……ずっと持っていてくれたの？　どうして……」

「言わなきゃわかんないか？」

プリシラはこくりとうなずいた。この指輪の意味を、真実を、ディルの言葉で聞きたいのだ。

「子どもの頃からずっとずっと好きだった。兄嫁になる女だとわかっていても、俺はプリシラしか見てなかった」

プリシラの告白とまったく同じ台詞をディルは返した。

その言葉は耳ではなく、プリシラの心臓に直接響くようだった。くすぐったいような幸福感が体中を満たしていく。

「ほ、本当に？　からかってない？……ディルも同じ気持ちでいてくれたの？」

プリシラは彼がうなずいてくれることを期待していたが、ディルは少し考えてからゆっくりと首を振った。

「同じ……は心外だな。俺のほうがずっと重い。なにせほかの女を好きになろうとも、なれるとも思わなかったしな」

「けど、付き合っている人はたくさんいたじゃない。それも私とはタイプの違う女性ばかり」

プリシラは少しだけ拗ねてみせた。このくらいのワガママは許されるだろう。新しい恋人の噂を耳にするたび、どれだけ胸が痛んだことか。関心のないふりをするのに、どれだけ苦労したことか。

「お似合いねって笑っていたじゃないか」

ディルはいたずらな笑みを浮かべて、そんなことを言う。

「――私、仮面をかぶるのは得意なの。ディルもよく知っているでしょ」

「そうだな。でも、もう仮面はかぶらなくていい。俺も本心を隠すのはやめるから」

ディルはまっすぐにプリシラを見つめた。

甘く甘く、視線が絡み合う。このまま時が止まってしまえばいいのに。プリシラはそんなふうに思った。

「同情でも戯れでもない。今までも、これからも愛しているから、俺のものになってくれるか?」

「……はい」

ディルはプリシラを抱きかかえ、ベッドへと移動する。ふわりと彼女の体を下ろすと、そのまま覆いかぶさるように、きつく抱きしめた。

「そんな顔したディル、初めて見たわ」

「お前にしか見せないよ。……もういいから、黙っていろ」

夢を見ているとしか思えない。心も体もふわふわとして、まるで雲の上にいるようだ。自分が自分でなくなっていく感覚を味わったのは初めてだし、ディルもプリシラのよく知る彼とは別人のように思えた。

「――シラ、プリシラ」

熱に浮かされたように、ディルは何度も何度もプリシラを呼び求める。その少しかすれた声はまるで麻薬のように、プリシラから理性と羞恥心を奪っていく。

優しい指先は、こちらが気づかぬうちに体をほどいていく。情熱的な眼差しと甘い唇に心が満たされ、もうなにも考えることなどできなくなった。

彼の声しか聞こえないし、瞳には彼しか映らない。プリシラのすべてがディルを感じるためだけに存在していた。

世界から隔絶されてしまったような、ふたりだけの静かで濃密な時間――。

「このまま、この瞬間に閉じ込められてしまいたい」

それが叶わないことを知りながら、プリシラは微笑んだ。隣に横たわるディルもまた、優しい笑みを返した。

「プリシラが望むなら、それもいいな。死ぬまでここで暮らそうか」

「門番兵と管理人の老爺には口止め料を払って、出ていってもらう？　料理は私が担当するから、ディルは山に入って食材を探してきてね」

「料理は俺のほうがいいだろ。山に入るのも俺だな。プリシラは……ここでの暮らしではあんまり役に立ちそうもないな」

「え～そんなことないわよ！　王宮育ちのディルよりは、絶対役に立つはずよ」

他愛ない冗談に本気で怒りだすプリシラに、ディルはたまらず噴き出した。

「あっ。なんで笑うのよ？　こう見えても、本当にいろいろできるんだから――」

ディルはプリシラの白い肩を引き寄せると、華奢な体をきつく抱きしめながらささやいた。

「なにもしなくていいんだ。義務だの責任だの、面倒なことはなにも考えなくていい。俺だけを見て、俺のことだけ考えて、俺だけに笑って……」

「ディル？」

「本気だって言ったら、承諾してくれるか？」

そう言って、ディルは苦しげに唇の端だけを少し上げた。

「……そうね。返事は……」

プリシラもまた、ディルと同じ苦しげな表情で彼を見た。

『一緒に、逃げて』

そう言えたら、どんなにいいだろうか。永遠にこの胸の中にいられるのなら、ほかにはなにもいらないのに……。

先に目を逸らしたのはディルのほうだった。

「いいよ。聞かなくてもわかるから。答えは『ノー』だ。——お前が立場と責任を忘れて、恋だけに生きられるような女なら、こんなに惚れてはいない」

「ふふっ。買いかぶりすぎよ。私、ディルが思っているほど強くも賢くもないわ。『イエス』って言うつもりだったもの。あなたのためだけに、生きてみたかった」

「どうだか」

ディルは拗ねた顔で、ふんと鼻を鳴らした。そんな彼を見ていると、やっぱり『イエス』と言いたくなってしまうから困ったものだ。

プリシラは自分の甘さを振り払うべく、ディルの腕をとき、ベッドから下りた。なにも身に着けていない素肌に触れる空気はひやりと冷たかった。もうディルの温もりを恋しく思っている自分に、少し驚く。

プリシラはゆっくりと振り返って、ディルと視線を合わせた。

「残念ね。こんなふうに、ドレスも宝石も身に着けず生まれたままの姿でいても……

やっぱり私はロベルト公爵家の娘で、王太子であるあなたの妻。その運命から逃げることは許されないみたいだわ」

そう言って、鮮やかに笑うプリシラの姿がディルにはまぶしかった。プリシラのこういうところに、ディルは狂おしいほど焦がれ続けていたのだ。

「仕方ないな。俺のためだけに生きてくれるお前は、老後の楽しみに取っておくか」

「お互い、無事に老後を迎えられるかしらね？」

ディルは不敵な笑みを浮かべてみせる。

「なにがなんでも迎えてやるさ。王位は欲しい奴がいるならくれてやるが、お前だけは手離す気はない」

深く濃い夜の闇を、銀色に輝く月が明るく照らす。

夜明け前に王都に向かって発つというディルをプリシラは見送った。

「それじゃあ、本当に気をつけて。無理はしないでね。私はあなたの無事が一番大切なんだから……」

「はい、はい。何度も同じことを言うなよ」

「でもっ」

ディルはあきれ気味だが、プリシラとしては何度でも念押ししておきたいところだ。ディルの命より大切に思うものなど、プリシラにはないのだから。

それに、ミレイア王国にとっても王太子であるディルは必要不可欠な人間だ。いざとなれば、いくらでも代わりのいる自分とは価値が違う。

「あぁ、そうだ。ディル、ユーレナへはどうして？　なにかあったの？」

大事なことを、聞き忘れてしまうところだった。

「むかし、王宮で産婆をしていた女性がユーレナにいると聞いてな。話を聞きに行ったんだ」

「産婆？」

想像もしていなかった答えだった。

「うん。おそらく、俺たちの知らなかったフレッドの悩みがわかったよ。ただ、悪いが、今は話せない。すべてが解決してからだ」

「わかった。ディルを信じるわ」

「俺も、ひとつ聞いていいか？」

今度はディルがそう言ったので、プリシラはうなずいた。

「さっきさ、一度きりでいいから抱いて欲しいと言ったよな？」

「ええ⁉　その……あの……」

たしかにそういう意味のことを言った。もちろん覚えているが……冷静になった後に蒸し返されると、ものすごく恥ずかしい。プリシラは自身の顔が一瞬で赤く染まっていくのを感じた。

「今もそう思っているか？」

「え？　どういう……」

ディルは決して目を合わせようとしないプリシラの顔を両手で包み込み、ぐいっと強引に自分のほうを向かせた。

宝石のように美しいブルーグレーの瞳に、プリシラは心を射抜かれ、仕留められてしまった。

「一度きりで満足か？」

どくんと心臓が大きく跳ねた。ディルらしいといえばらしいが、なんて意地悪な質問なのだろう。

「……ない」

心臓の音がうるさすぎて、自分の声すら聞こえない。

ディルはとろけるような甘い笑みを浮かべながら、プリシラの耳もとに唇を寄せてささやく。

「そんな小さな声じゃ聞こえないな」

「――うぅ。あなたのそういうところ」

嫌いよ。続くはずだったその台詞はディルの唇に阻まれてしまった。

ついばむような優しい口づけ。でも、ただそれだけで体の芯に火が灯り、熱くなる。

(嘘じゃないわ。あのときは本当にそう思った。一度きりでもかまわないって。けど……)

「俺は――」

ディルがまっすぐにプリシラを見つめた。どちらかといえば冷たい印象を与える彼の瞳が、今は燃えさかる炎のような熱を帯びている。

「俺は、一度きりなんて無理だ。お前は俺にとっての禁断の果実だったんだ。一度でも味わってしまったら……この身が朽ち果てるまで、求め続けてしまう」

「そんな大袈裟な」

「大袈裟じゃないよ。それがわかっていたから、ずっと我慢していた。けど、もう覚悟を決めた。なにがなんでもお前と添い遂げてみせる。――必ず迎えにくるから、待っていろ」

プリシラは小さくうなずき、馬上の人となったディルを見上げた。馬のいななく声にかき消されぬよう、大きな声で叫んだ。

「──ディル！　私も同じだわ。一度きりなんて、嫌よ。しわしわのおばあちゃんになるまで、あなたと一緒にいたい！」

馬が勢いよく大地を蹴り上げ、土埃が舞う。あっという間にディルの背中が小さくなっていく。ディルは右腕を高くかかげて、プリシラに束の間の別れを告げた。

遠い記憶と明かされた過去

――適当に養子に出せばいいものを。王宮で暮らさせるなんてね。

――嫌ね。あの生意気な目つき。やっぱり母親の血が卑しいから。フレッド殿下とは大違いだわ。

――せめてもうひとりくらい王子がいれば、あの子は厄介払いできたんだがなぁ。

会えばヘラヘラと愛想笑いを浮かべる周囲の大人たちが、陰では自分をなんと言っているか。ディル自身、物心がつく頃にはもうわかっていた。

顔も温もりすらも記憶にない母親と自分とは決して目を合わさない父親。母親違いの兄は優しかったが、憐れまれているようで悔しくて、素直になれなかった。

なにもかも、自分の命すら疎ましく思っていた。なかでも一番うっとうしかったのが、王家に負けず劣らずの権力と財力を持つロベルト公爵家のひとり娘だ。

華やかで愛らしい容姿、聡明で明るく誰からも好かれる性格。王太子である兄の花嫁は彼女以外にはいないだろうと言われていた。

＊　＊　＊

『ねぇ、ディル。変装して市場に遊びに行ってみない？』

『行かない』

『見て、見て。新しいドレスを作るんだけど、どっちの生地がいいかしら？』

『どうでもいい』


　初めて会ったのは、彼女がまだ九つのときだった。それ以降、こんなやりとりを何度繰り返しただろうか。プリシラがなぜ自分にかまうのか、ディルにはさっぱり理解できなかった。

　心優しいお嬢様が慈善事業でもしてみたくなったのだろうか。それとも、父であるロベルト公爵の差し金か。

「もう、うんざりだ。俺はお前みたいな偽善者が一番嫌いなんだよっ」

　屈託のない太陽のような笑顔はディルにはまぶしすぎた。無性にイラついて、冷たい声でそう吐き捨てた。プリシラは怒るだろうか、泣くだろうか。どちらにしても、これで彼女がディルにかまうこともなくなるだろう。

唯一、嫌いじゃなかった、穏やかな光をたたえた瞳。淡く優しいグリーンがとても美しいと、それだけは素直に思っていた。それも見納めかなと思いながら、ディルはプリシラの顔を見た。

意外なことに、彼女は笑っていた。宝物でも見つけたかのような、心底うれしそうな顔で。

「嫌いって、ほんとに?」

まるで好きだと告白されたときのような反応を見せる。

「どんだけ自惚(うぬぼ)れてんだよ。世界中みんながお前を愛しているとでも?　俺は本心からお前なんか大嫌いだよ」

そうきっぱりと宣言しても、プリシラはニコニコと笑っていた。

「……頭、大丈夫か?　嫌いの意味、わかっているか?」

「本当のことを言ってもらえるのって、うれしいね」

「はぁ?」

ディルにはプリシラの言葉の意味が理解できない。プリシラは遠くを見つめながら、つぶやいた。

「私ね、誰かに嫌いなんて一度も言われたことないのよ」

「そりゃ、よかったな。誰からも愛されるお幸せな人生で……」

笑顔の影で、プリシラの瞳が寂しげに揺れた。

「みんな、お父様に嫌われたくないのよ。ねぇ、ディルは私の噂を聞いたことある？」

「麗しい容姿、あふれる知性と教養、素直で優しい性格。さすがはロベルト公爵家のご令嬢！ってやつだろ」

飽きるほど聞いたプリシラを褒める美辞麗句。まだ十二歳になったばかりの少女には重荷にしかならないように思うが、目の前の彼女は年齢よりずっと大人びて見えるし、いらない心配なのかもしれない。プリシラは意味ありげに微笑んでみせる。

「うふふ。それ、ほとんど嘘よ」

誰かに秘密を打ち明けることを楽しんでいるようだった。

「私、あんまり物覚えがよくないからお勉強は苦手なの。音感が悪くて楽器はからきし上達しないし。それに不器用で、裁縫や刺繍もダメ」

「……それならほとんどどころか、全部大嘘じゃないか」

「う〜ん。麗しい容姿……はまぁまぁあたってない？」

真剣な顔でそんなことを言われ、ディルは思わず声をあげて笑ってしまった。

「あっ！　初めてちゃんと笑ってくれた」

「……笑ってない」

あわてて笑顔を引っ込めたが、遅かった。

プリシラはキラキラした瞳をよりいっそう輝かせて、ディルを見ている。

「うん、思った通り。笑っているほうがいいわ」

プリシラが満足気に自分を眺めているのを、ディルは黙って受け入れていた。

彼女には彼女なりの悩みがあることも知らずに、ひどいことを言ってしまった。その罪滅ぼしに少しくらい愚痴を聞いてやってもいい。そんな気持ちになっていた。

「私がちゃんとできないせいで、先生にまで嘘をつかせているの。それは嫌だわ」

プリシラは唇をきつく噛みしめた。家庭教師たちは口を揃えて、プリシラを優秀だと言う。けれど、それがお世辞であることに彼女は気がついているのだ。

「そんなの、放っておけ」

ロベルト公爵に媚びたいだけの連中なんて、どうせろくなもんじゃない。そんな人間のことを、気に病むことはない。

ディルはそう言ったが、プリシラはきっぱりと首を振った。

「見かけによらず頑固なんだな。知っているか？　お前みたいなのをいい子ぶりっ子って言うんだ」

ちゃかすつもりでそう言ったが、プリシラはまっすぐにディルを見つめ返してきた。挑むような強い眼差しに、思わずごくりと息をのむ。

自分より年下の、まだまだ子どもだと思っていた彼女に気圧(けお)されたのだ。この瞬間のプリシラは、ディルの知るどんな美女よりも気高く、美しかった。

「そうよ、いい子ぶりっ子。けど、それが私のすべきことなんだもの」

「なんで？　みんなの期待に応えたい？　……やめとけ、やめとけ。周りの人間なんて勝手なもんだぜ。頼んでもないのに期待して、あっという間に失望して離れてく」

今は子どもらしい健気さで一生懸命なのだろうが、プリシラもすぐに現実を知ることになるはずだ。少なくとも、ディルの知る大人は勝手な人間ばかりだ。

「応えたいじゃなくて、応えなければいけないの。屋敷にいる子どもたち……アナは私とそう年も変わらないのに私の世話係という仕事をしているし、厩番(うまやばん)の息子のユゼも働いている。私の仕事はなんだろうってずっと考えていたの」

「それがいい子でいることか？」

「うん。みんなが嘘をつかなくていいように、さすがロベルト家の娘だって本心から言ってもらえるようになる。それが私の仕事だと思うの」

曇りのない瞳で、プリシラはまっすぐに前を見据えていた。

彼女はディルが思っているより、ずっと大人だった。周囲の期待も嫉妬も、すべてを受け止める。それがどんなに重かろうと、この小さな肩に背負って生きていく覚悟ができているのだ。

「フレッドの婚約者候補、王妃の器……ね。まぁ、たしかに」

彼女の頭上に王妃の宝冠が見えたような気がして、ディルはふっと微笑んだ――。

＊　＊　＊

このときの言葉通り、プリシラは完璧な公爵令嬢になるべく邁進(まいしん)した。優雅な笑みを浮かべながら、足もとでは血が滲むような努力を続けた。その結果、噂に違(たが)わぬ才色兼備のレディへと成長したのだ。

ほとんどの人間は知らない。彼女が生まれながらに持っていたものは、家柄だけだということを。それ以外のものは、最低限の睡眠時間すら犠牲にしてようやく手に入れたものだった。必死の努力は才能を凌駕(りょうが)することもあるということを、ディルはプリシラから教わった。

残念ながら、料理だけは努力じゃどうにもならなかったようだが……。

『そんなに馬鹿真面目に生きていて、疲れないか？』

いつだったか、そう聞いたことがある。プリシラはクスクスと笑いながら答えた。

『疲れるけど、それでいいの。だって、ほかの人より上等な服を着て高価な食事をさせてもらっているから。一番疲れなきゃダメなのよ』

『いい子ぶりっ子……けど、そこまで貫くなら立派かもな』

『ふふ。ありがとう』

プリシラと関わるなかで、ディルも変わっていった。

フレッドやプリシラのように、上に立つ者の責務なんてものに目覚めたわけではない。そんな重苦しいものはやっぱり苦手だが……プリシラに、好きな女に恥ずかしくない人間でありたいとは考えるようになった。

いつ死んでもかまわない。なんならその日は早いほうがいい。そう思っていたのに、彼女の笑顔が見られる間は生きていてもいいかなと思うようになった。

ディルの人生はプリシラに出会ったことで始まったのだ。

彼女の存在がすべてだった。

「お前のいない未来なら、いらない」

ディルが二日ぶりに戻った王宮は、不穏な空気に包まれていた。みなが目立たぬよう息をひそめ、そのくせ耳はそばだてて情報を逃すまいとしている。誰が裏切るのか、誰につくべきか……ピリピリとした嫌な緊張感に満ちていた。

馬から下りたディルは予想以上に重くなっている自分の足をさすりながら、ふーと大きく息を吐いた。そして、自分よりよほど疲れているであろう愛馬サンの鼻先をなでてやった。軍馬でもないのに、ずいぶんと無理をさせてしまった。

「すまん。ゆっくり休め……と言いたいところだが、またすぐ働いてもらうことになりそうだ」

近づいてきた人影を視界の端にとらえながら、サンに許しをこう。

「……ずいぶん遅いお帰りで。まぁ、リノ離宮でごゆっくりなさっていたのなら、おめでとうございますと言っておきましょうか」

ディルがゆっくりしている間に、面倒事を一手に引き受けていたターナは当然、不満顔だ。

「俺としては、そのままずっと〝ごゆっくり〟しときたかったんだがな」

愛妻はそれを許してはくれなかった。

「プリシラ様がそれを是としてしまう性格なら、あなたをリノ離宮にはやりませんでしたよ」

すべて想定内だというように、ターナはにやりと笑ってみせた。

「やっぱりお前は俺についているには惜しい人材だな。この混乱に乗じて、クーデターでも起こしてみたらどうだ?」

「僕は参謀として力を発揮するタイプなんですよ。それより、くだらない冗談を言っている暇はないですよ」

「わかっている。彼女は?」

「保護しています。すぐにお会いになりますか?」

「もちろんだ」

＊＊＊

——美しくなりたかった。兄たちのように、見る者すべてを魅了する美貌を手に入れたかった。もう誰にも笑われたりしないように。

「あーぁ。ルワンナがいるとこっちまで暗い気分になるな」

「本当に。暗くて、地味で、俺たちと同じ血を分けた妹だなんて信じられないですね」

「かわいくない王女なんて、なんの役にも立たないじゃないか？　他国に嫁いだって、我が国の評判に傷がつくだけだ」

「クスクス。ルワンナに嫁ぎ先なんて見つからないんじゃないですか。ほら、お前はもう出ていけよ。パーティーが台無しになるだけだから」

ソルボンの王子、ルワンナのふたりの兄は、大広間中に聞こえるのではないかと思うほど大きな声で、妹をあざ笑った。周囲からもクスクスという含み笑いが聞こえてくる。

なにも言い返せず、うつむいたまま部屋を出ていくルワンナを引き止める者もいない。

部屋を出たルワンナは膝を抱えて、たったひとりで泣いた。

(どうして私は美しく生まれなかったの？　美しくないのなら、王女だなんて恥ずかしいだけだわ)

ソルボンの王女、ルワンナは現在、十四歳。彼女は特別、醜いというわけではない。ソルボン人らしい飴色の髪と瞳。大きな鼻が少しばかり悪目立ちするが、あっさりとした癖のない顔立ちをしていた。太りすぎても、痩せすぎてもいない。

ただ、輝くばかりの美貌の持ち主である兄ふたりと比べられると、どうしても見劣りした。おまけに彼らは勉強も運動も音楽も、すべてにおいて優秀だった。なにをやっても平凡なルワンナはいつも彼らに馬鹿にされ、ますます自信をなくしていった。

さらに、つい最近生まれたばかりの年の離れた妹姫が、兄ふたりにそっくりで天使のように愛らしいのだ。

ルワンナの居場所はどこにもなく、兄たちの目に触れないよう息をひそめて暮らすしかなかった。そんな生活が何年も続いた。

兄の恐ろしい予言の通り、縁談もなかなかまとまらず、ルワンナは二十五歳を過ぎてしまった。この国では、立派な行き遅れだ。

もう死ぬまで、兄たちの呪縛から逃れることはできないのだろう。そうあきらめかけていた彼女に、隣国ミレイアから縁談の話が持ち上がった。

亡くなった王妃の後釜、さらにミレイア国王はルワンナよりずいぶんと年上だったが……それらを差し引いても、二十五歳のルワンナにはこれ以上はないというよい話だった。

大国ミレイアからの縁談を断るわけにはいかない。しかし、末の王女ではあまりに年が離れすぎている。そのあたりの事情から、兄たちもしぶしぶルワンナが嫁ぐことを承諾してくれた。

（やっと、この国を出られる！　あの兄たちから離れられる！）


「ルワンナ王女。ご結婚がお決まりになったとか？　おめでとうございます」

「あら、ナイード。ありがとう。……大嫌いだったこの国をやっと出られるわ」

ナイードは王宮の出入り商人のひとりで、ルワンナも彼からドレスや宝石をよく買っていた。彼がルワンナに持ってくるドレスは、目立たないが質は悪くないもので、兄たちにあれこれ文句をつけられることが減ったのだ。

ナイードの家はソルボンでも指折りの裕福な商家だが、彼は養子だ。本当の両親は貴族だったが、没落してしまったそうだ。ナイードはプライドが高く、自分が貴族階級であったことに異常なまでに執着していた。

ルワンナにとって容姿がそうであるように、彼にとっては身分がコンプレックスなのだろう。

「お祝いにドレスと宝石をお持ちしました。ルワンナ王女にふさわしい品ですよ。これまでお世話になった礼ですから、お代はいりません」

ルワンナは過去に彼の悪事——ただの石ころを特別な力のあるパワーストーンだと称して売りさばいていたのだ——を見逃してやったことがある。そのことに多少の恩義を感じているのか、ナイードは王宮内では唯一、ルワンナを王女として扱ってくれていた。

ルワンナはナイードの差し出した箱を受け取り、リボンをといた。

「まぁ」

中身はあでやかな真紅のドレスと大粒のルビーのネックレスだった。ナイードは見る目のない客には粗悪品を高級品だと偽って売るようなまねもするが、王女であるルワンナの目が肥えていることは十分に理解している。これらは本物の高級品だろう。

「素敵だけど……私には似合わないわ。こんな派手な服を着ていたら、お兄様たちにまた馬鹿にされる」

「お兄様方はもういませんよ」

ナイードのその言葉にはっとした。

そうだった、もう自分を馬鹿にする兄たちとは離れられるのだ。

「どうぞ、お召しになってみてください。私はずっとルワンナ王女にはそういう華やかな色が似合うと思っていましたよ」

ナイードに促され、ルワンナはおそるおそるドレスに袖を通した。

鏡に映る自分は、決して絶世の美女ではない。だが、人に笑われるほど醜いとも思わなかった。あっさりとしたルワンナの顔立ちは年を重ねてからのほうが魅力を増したように思う。それに、ナイードの言う通り、あでやかな真紅は彼女によく似合っていた。

「素敵ですよ。さすがは大国ミレイアの王妃です」

「王妃……そうよね、私はミレイア王国の王妃になるんだわ。ソルボンの王子なんて、もう怖くもなんともない」

目の前が、ぱぁっと明るくなったような気がした。結婚後の未来が、とても輝かしいものに思えてくる。

これからは好きなドレスを着て、たくさんの宝石を身に着けてもいいのだ。なにしろ自分はミレイア王国で一番高貴な女性となるのだ。ルワンナを馬鹿にする者など、いるはずがない。

「ありがとう。ナイード。素敵な贈り物だったわ。やっぱり、なにかお礼をするわよ」

ルワンナはナイードに笑顔を向ける。するとナイードは待ち構えていたように、話を切り出した。

「では、ありがたく。私をミレイア王国にお連れくださいませんか？　この国では、みなが私を没落貴族の息子という目で見る。うんざりなんです。私も新しい土地でやり直したいのです。それに、きっとあなたのお役に立ちますよ」

「ふぅん。別にかまわないわよ。わたしも知らない国で、味方がいるのはうれしいし」

　こうして、ルワンナは王妃として、ナイードはソルボン王家お墨付きの商人として、ともに海を渡りミレイア王国にやって来たのだ。


　輝かしい日々が始まると思っていたミレイア王国の王宮で、初めて彼らに対面したとき、ルワンナは頭を鈍器で殴られたような衝撃を受けた。

　義理の息子となった美しいふたりの王子……輝くような美貌……今だって、みながふたりの王子に見とれている。

　新王妃である、主役のはずのルワンナには誰も注目していなかった。

「ようこそ、ミレイア王国へ。これから、よろしくお願いしますね」

「陛下を支え、ともによい国を築いてくださいますよう願っています」

　ごくありきたりな王子たちの挨拶も、にこやかな笑みも、すべてがルワンナを馬鹿にしているように思えてくる。

顔立ちが似ているわけではない。だが、どうしたって思い出す。悪魔のような兄たちを……あの悪夢のようだった日々を……。

それから、ルワンナは狂ったように自身を飾り立てるようになった。衣装部屋に入りきらないほどのドレス、宝石、ハイヒール。

みなに、あのふたりの王子に、馬鹿にされないためには、美しくならなければならない。


「美しくならないと……誰にも笑われないようにしないと」

夫であるミレイア国王は病がちになり、ルワンナの浪費癖はひどくなる一方だった。見かねたフレッドが時折、彼女を諫めた。

「ルワンナ王妃。王室の予算には上限があります。それは守ってもらわなければ。それに、あなたはそんなに派手に着飾る必要はないと思うのですが……」

フレッドは〝飾り立てなくとも、十分美しい〟という意味で言ったつもりだった。だが、ルワンナの耳には〝お前など着飾っても無駄だ〟と聞こえた。

ルワンナはフレッドへの、ディルへの憎悪を募らせていった。

「ねぇ、ナイード。あのふたりの王子を、兄たちの分身みたいなやつらを処分して。

あいつらがいたら、私は永遠に幸せになれないの」

「そうですねぇ。いくらルワンナ王妃の頼みでも、リスクが大きすぎますね」

ナイードは精神のバランスを崩し始めていたルワンナに、少々うんざりしていた。

「お前の望むものをなんでもやるわ。そうだ！　この国の貴族にしてあげる。陛下があの状態だし、王子たちがいなければ、爵位なんて私がどうとでもしてあげるわ」

「それは悪くない報酬ですね……いいですよ、やってみましょうか」

爵位を得ることはナイードの悲願だった。それが目的で、ルワンナに取り入っていたようなものだ。だが、ミレイア王国の貴族制度はしっかりとしていて、外国人が養子に入ることは容易くなかった。リスクはあるが……やる価値はある。うまくすれば、ルワンナを利用し、宰相や大臣になることも夢ではないかもしれない。ナイードはそう考えた。

＊　＊　＊

王太子宮の、無駄に広く装飾過多な応接間で、彼女は目を離せば消えていってしまいそうに小さくなっていた。

顔には色がなく、疲れきっているのが遠目にも見て取れた。以前会ったときの、いかにも賢そうな少女とは別人のようだ。

「名はリズと言ったな」

怖がらせないよう、ゆっくりと優しく、ディルなりに気を遣ったつもりだったが、彼女は死刑宣告でも受けたかのようにびくりと大きく体を揺らした。

「あ、あ……」

恐怖のあまり言葉が出てこないのだろう。視線は宙をさまよっている。

いろいろと聞きたいことはあるが、まずは彼女を落ち着かせることが必要だ。

ディルは膝をつき、イスに腰かけるリズと目線を合わせた。

「リズ。君の身の安全は保証する。君の幼い弟も保護した。王妃の手が届くことはないから安心してくれ」

「も、申し訳ありません。わ、私は、殿下を……プリシラ様を……」

「俺もプリシラも生きている。君のせいでどうにかなったわけじゃない。罪に問うことも罰を与えることもしない。そんなことしたら、プリシラに怒られるからな」

リズの瞳からポロポロと涙がこぼれ落ちる。嗚咽(おえつ)の合間に申し訳ありませんと、それだけを繰り返す彼女を、辛抱強く待ち続けた。

初めて会ったとき、彼女はディルに対して異常なほどの怯えを見せた。それが王族への畏怖とは違うものだと、ディルは勘づいていた。

あのとき、彼女は良心の呵責に耐えかねていたのだろう。自分が見殺しにする相手の顔は、できれば見たくなかったはずだ。

「はい。プリシラ様については命まで奪うことはないと言われていたので……けど、ディル殿下は……」

「ルワンナ王妃はフレッド暗殺をロベルト公爵と俺の共犯に仕立て上げて、俺も処分するつもりだったんだろ」

「私、本当にとんでもないことに加担してしまって」

リズは震える唇で懸命に言葉を絞り出す。

「私はミレイア王国の下級貴族の生まれですが、私の家はソルボン王家の遠縁にあたるそうなのです。そのご縁で、輿入れなさったルワンナ王妃の侍女に推薦してもらえました。恥ずかしい話ですが、うちはあまり裕福ではないので侍女のお仕事はありがたいことでした。それに、王妃は持病のある弟を別邸で療養までさせてくださっているのです。だから、私は王妃の命令に逆らうわけには……」

「王妃はなぜ、フレッドと俺を排除したがるんだ？　やはりソルボン王家の人間を王位に就かせたいのか？」

「いえ。王妃は故国を嫌っておいでなので、それはないかと……。王妃はおそらく、心のご病気なのです。フレッド殿下やディル殿下がいつも自分を馬鹿にしていると、そんなふうにおっしゃっていました」

「ふむ……しかし、命を狙われるほどの言動に及んだ覚えはないけどな」

ディルは自身の行動を振り返ってみたが、なにも思い出せなかった。

それに、自分以上に女性には紳士的なフレッドがなにかしたとも思えない。浪費癖をとがめるくらいのことで、そこまで怒り狂うものだろうか。

「おふたりが悪いわけではないと思います。私もナイード様から少し聞いただけなのですが、王妃は美しい男の人にトラウマがあるとかで」

「……それは本人に聞かないことには、なにもわからないな。君の役割は、俺の身辺を探ることで、間違いない？」

「はい。ディル殿下がなにか勘づいたり、変わった行動を取ったときは、報告するよう言われていました。本当に申し訳ございませんでした」

「もう気にしなくていい。弟が人質同然になっていたんだから」

「……違うんです。私、ルワンナ王妃に命じられたからってだけじゃない。ディル殿下もプリシラ様も、どうせ偉い方々はみんな一緒だって。仕える人間の気持ちなんて考えてもくれない。綺麗なのはどうせ上辺だけだって……」

「だから、不幸になってもかまわないって思っていた？　だったら、なんで危険をおかしてまでこの証拠の手紙を持ち出してくれたんだ？」

ディルが彼女を呼び出すより先に、彼女のほうからターナを通じてディルに話があると申し出があったのだ。

『フレッド殿下暗殺の犯人はロベルト公爵ではなく、ルワンナ王妃だ』と。その証拠となる手紙も持っていると。初めは王妃側の罠かと疑ったが、どうやらそうではなかったらしい。

「プリシラ様は傲慢なところのない、優しい主でした。けど、ルワンナ王妃だって優しいところもあるんです。弟を助けてくれましたし。だけど、それを盾にこうやって、私に人殺しの手伝いをさせる。結局、私たち、仕える人間は主の命令に振り回されて……」

「俺は、ここにいるターナには世話をかけてばかりだから、君の言い分を否定はできないが……あいつは違ったんじゃないか？」

ターナが苦笑しているのを横目にしつつ、ディルは言った。

プリシラは自分と使用人の子どもたちとの境遇の違いを、幼い頃からよく理解していた。恵まれている分だけ、負わなければならない責任についても。王家に生まれたディルよりも、ずっと真摯に向き合い続けてきたのだ。

リズは涙を拭って、力強くうなずいた。

「はい。私が間違えていました。あの方は王妃になるべきお方です。たとえ私や弟の命が犠牲になったとしても」

リズがそこまでの覚悟を決めたのには理由があった。

「ほんの数日前のことです。王宮の掃除をする下働きの子がプリシラ様の衣装部屋から宝石を盗もうとする騒ぎがありました」

普段、衣装部屋に昼間立ち入ることはないのだが、その日はたまたまドレスの裾のほつれに気がついて、プリシラはリズをともなって衣装部屋を訪れた。

そこで彼女の犯行を目撃してしまった。ほんの出来心だったと、彼女は泣きながら謝罪した。病気の妹の薬代がどうしても足りないのだと。

王宮勤めの人間はリズやターナのようにほとんどが貴族階級だが、厩番や清掃係、庭師などは平民で、彼女もそうだった。もらう給金はリズたちの三分の一程度だろう。

「プリシラ様がどんな反応をするのか……私、すごく意地悪な気持ちで見ていました。

ルワンナ王妃ならきっと激怒して彼女に厳しい罰を与えるでしょう。プリシラ様も同じようにするのか、それとも彼女に同情してこっそりと宝石をあげてしまうかなって」

「たしかに意地悪だが……君はなかなか賢いな」

ディルは苦笑しながら言った。リズはわかっているのだ。後者を選ぶことは一見優しいように見えるが、結局はルワンナ王妃と同じなのだ。その瞬間の感情に流され、ルールを無視することになる。それはリズの嫌う、気分で下の人間を振り回す主そのものだ。

「それで？　プリシラはなんと言った？」

＊　＊　＊

プリシラは、冷たい床に座り込んだまま泣きじゃくる少女に歩み寄ると、自分もかがみ込んで彼女と目線を合わせた。ゆっくりと、優しく語りかける。

「これをあなたにプレゼントすることは簡単だわ。たくさん持っているし、ひとつくらい、なくなっても困らないのよ。でもね、それだとあなたの妹しか救えない。私はもっと多くの人を助けてあげないと思っているの」

目の前で泣き続ける彼女の背中を、プリシラは優しくさすってやった。

「そのために私ができることは、あなたたちみんなに、もっと高い給金を払えるようにすること。それから、薬の値段を下げること。病人みんなが薬を買える世の中をつくらないとね」

そこまでは毅然としていたプリシラが、ふいに悲しい目をして頭を下げた。

「ごめんなさい。わかって欲しいとは、とても言えないわ。私を憎んでいい。でも、私にはこのやり方しかないの」

貧しい平民も薬が買える時代が訪れるまで、果たして彼女の妹の命はもつだろうか。どんな理想があろうとも、プリシラがしていることは助かるかもしれない命を見捨てることに等しい。その事実は彼女の心に重くのしかかった。

その日の夜。プリシラがあんまり思い悩んでいるので、見かねたリズが声をかけた。

「私はプリシラ様が正しかったと思いますよ」

「ありがとう、リズ。でも……正しいことがいつも正解とは限らないと思うの」

プリシラは大きなため息をついた。

（せめて薬だけでもこっそり渡せないかしら。ううん、それは宝石をあげてしまうのと同じだわ。でも……）

情けないけれど、プリシラは自分の決断に自信が持てない。優しさも正しさも、境界線なんてひどく曖昧なものだ。

「いいえ。今回は間違いなく正解ですよ。だって……彼女は妹なんていませんから」

「えっ？」

「ほかの清掃係の子に聞いてみたんですが、彼女はひとり娘で、平民ですが実家は裕福な果樹園だそうですよ」

＊　＊　＊

「笑ったんです。あぁ、よかったって、本当にほっとしたように」

リズは少しあきれたような顔で笑った。

「あいつは、そうだろうな」

そのときのプリシラの顔も声も、ディルには容易に想像がつく。

「あの笑顔を見たときに、この方を王妃にしなくてはと思ったんです。なにを犠牲にしても、そうすべきだって。亡くなった父の口癖だったんです。どんなときも、貴族の誇りだけは失うなと」

力強く輝くリズの瞳に、もう迷いはなかった。彼女は誇りを持って、仕えるべき主を選んだのだろう。

「感謝する、よく決心してくれた。ただ、君も弟も絶対に死ぬな。いざとなればルワンナ王妃に寝返ってもいいから生きろ」

「いいえっ。そんなことは決して……」

リズはぶんぶんと、大きく首を横に振った。

「これは自分勝手な王太子殿下の命令だよ。あいつの泣き顔は……見たくないんだ」

ディルは傍らに控えていたターナに厳しい口調で命じた。

「至急、王都警備隊の総司令官を呼べ。無実のロベルト公爵の釈放と、真犯人のルワンナ王妃と実行犯のナイードの身柄の確保を命じる」

王妃とナイードとの密約の手紙には、ご丁寧なことに王妃の印章が押されている。動かぬ証拠となるだろう。

「とくにナイードだ。間違っても自害なんかさせるなよ。フレッドの行方について、絶対に吐かせろ」

「ですが、フレッド殿下はもう……」

ターナは言葉を詰まらせ、苦しげに目を伏せた。リズの話では、ナイードから暗殺遂行の報告はたしかにあったとのことだった。

「いや、まだ希望はあると思う。ナイードがもし、あの事を知ったのなら……あいつはルワンナ王妃に忠誠を誓っているようには見えない。金か、なにかの報酬につられているだけだろ」

よりよい主を見つけたら、王妃をあっさり裏切ってもおかしくはない。

「……頼むからそうであってくれよ」

ディルは祈るような気持ちでつぶやいた。


手紙を読み終えたプリシラの胸中は複雑だった。

手紙は王都警備隊から届いたものだ。いかにも彼らしい事務的な文体で、事実だけが淡々と綴(つづ)られている。ロベルト公爵の容疑は晴れ、釈放されたこと。真犯人はルワンナ王妃で証拠もあがっていること。プリシラはすぐにでも王宮に戻れること。

ここまでは素直にうれしかった。迎えの馬車など待たずに、一刻も早く王宮に戻りたいくらいだ。

けれど、最後の一文がプリシラの心を曇らせた。

『実行犯と思われる商人のナイードが逃亡、王太子殿下の指揮のもと、鋭意捜索中である』
ナイードの蛇のような瞳を思い出すだけで、ぞくりと背筋が震える。底知れぬ不安がじわりじわりと胸に広がっていく。嫌な予感がする。

手紙より二日ほど遅れて、迎えの馬車がリノ離宮に到着した。王都警備隊を代表してやって来たのは、あのイザークだった。

「なんだ？　なにか様子が……」

イザークは、離宮の門扉が遠目に見えた瞬間に異変を察した。そこにいるはずの門番の姿が見えないのだ。こういった任務を請け負う、流れ者の傭兵たちのさぼり癖は、嫌というほど知っていた。今回ばかりはそうであって欲しいとも思う。

だが、軍人として勘が告げている。この静けさは違う。なにか不穏なことが起きたのだ。

イザークは馬を急がせた。開け放たれていた門扉の前には、空の酒瓶と門番たちが転がっていた。彼らはみな口から泡を吹き、絶命している。やけに甘ったるいにおいが鼻についた。

「シガの毒か……くそっ」

シガは猛毒で、一滴でも口にすれば全身に毒が回り、決して助からない。おまけに息絶えるまでにひどく苦しむことから、悪魔の薬と言われていた。

門番など眠らせておけば済むところをわざわざ殺したのだ。犯人の非道さがよくわかる。イザークは両の拳を、怒りに任せて強く握りしめた。


懐かしい夢を見た。

あの日は、たしかプリシラの十三歳の誕生日だった。両親が開いてくれた誕生日のパーティーをこっそり抜け出して、ディルとフレッドと三人で、遠乗りに出かけたのだ。フレッドはいつも忙しくしていたので、三人で仲よく遊んだ記憶は、あの一度きりだ。

季節は夏の始まりの頃。青く輝く湖のほとりには心地よい風が吹き抜ける。新緑の絨毯は、真っ白なクローバーの花々で飾られていた。

三人でたくさんの花冠を作った。フレッドとディルはとても上手で、プリシラが作ったものの不格好さを余計に際立たせた。

フレッドは一番綺麗に作れたものをプレゼントだと、プリシラの頭にのせてくれた。ディルは不器用なプリシラにあきれながらも、根気強く作り方を教えてくれた。

他愛ない馬鹿話で涙が出るほど笑い転げて、時間はあっという間に過ぎていった。

あの頃は、こんな未来は想像もしていなかった。

純粋にふたりのことが大好きで、一緒にいられることがうれしくて仕方なかった。

（ディル、フレッド……いつか、また三人で……）


「――シラ。プリシラ、大丈夫？」

ガンガンと激しく打ちつけられるように、頭が痛む。手も足も鉛のように重い。

うっすらとまぶたを開けるだけで精いっぱいだ。

狭い視界に、キラキラと輝く白い光が入り込んできた。正体を見極めようと、ゆっくりと瞳を動かす。

「な、なに？　髪の毛？」

日の光に反射する見事なプラチナブロンドだった。サラサラと流れ落ちるそれがプリシラの頬をくすぐる。

「ん、くすぐった……」

「プリシラ！　僕だよ、フレッドだ」

「え？」

プリシラは思わず、ゴシゴシと目をこすった。夢の続きを見ているのだろうか。それにしては、やけにリアルな夢だ。

心配そうにこちらを覗き込む優しげな瞳。少しやつれてはいるが相変わらずの美貌だった。

「ほ、本物？」

思わず馬鹿な問いかけをしてしまう。

「うん。本物。なんだかんだ生きのびていて……いろいろと迷惑かけてすまないねぇ」

そう言って、あははとのんきな笑みを浮かべている。すまないと思っているようにはちっとも見えないが、フレッドのこの笑顔を前にしては、プリシラはなにも言えなくなってしまう。

「もう……無事で、生きていて、よかったぁ」

聞きたいことは山ほどあるけれど、言いたいことはそれだけだった。

「いつまで生きていられるかは、わからないけどね」

フレッドは笑顔のままで、不吉なことをさらりと言ってのける。プリシラは改めて、周囲をぐるりと見回した。

冷たい石造りの床と壁、重そうな鉄格子の向こうには下へ向かう細い螺旋(らせん)階段が見える。小さな天窓から光が注いでいるから、今は昼なのだろう。狭い部屋だが天井は高く、空気の淀みはない。

そして、自分の状況。両手はうしろ手に縛られていて、自由はない。足は片側のみが短いロープで部屋の隅の柱につながれている。犬や馬と同じ扱いだが、囚われの身としてはいいほうなのだろうか。よくわからない。

口は封じられていない。ということは、どんなに叫んだところで、助けの来ない場所なのだろう。

フレッドもプリシラと同様に手足を拘束され、自由を奪われている。

「――ここは？」

少しかすれてはいたが、しっかりと声が出たことにプリシラは安堵した。

「場所はよくわからないが、国外には出ていないと思う。建物はずいぶんとクラシックだから……古い時代の物見の塔かなにかかな？」

貴人をとらえておくのに塔を利用するのは、ミレイア王国の伝統のようなものだ。ここのように、鉄格子の部屋がついているのは珍しくない。

プリシラの父もつい先日まで、同じようなところに閉じ込められていたはずだ。

「まぁ、たしかに地下牢よりは快適だよね。人間は日にあたらないと気分が沈むから」

「……フレッドは地下でも全然、変わらなそうだけど」

プリシラの嫌みもフレッドは笑って流してしまう。

「ははっ。それにしても、少し見ない間にプリシラはずいぶんと色っぽくなったねぇ。あの奥手の弟も、少しはがんばったってことかな？」

フレッドはプリシラをまじまじと見つめながら、言った。

「なっ……」

「プレイボーイぶっているけど、正体は片思いをこじらせまくった純情青年だからね、ディルは」

「そ、そんなことより！　これまでなにがあったのかと、今の状況を説明してくださいっ」

「照れることないじゃないか！　僕のむさくるしい軟禁生活の話より、君らの初々しい恋物語のほうがずっと楽しいのに」

「フレッド！　いい加減にしてちょうだい」

「あぁ、わかった、わかった。ちゃんと話すよ。ほら、怒るとせっかくの美人が台無しだ」

プリシラの眉間にくっきりと浮いたしわを、フレッドは見逃さなかった。

プリシラは口をへの字にして、押し黙る。

結局、フレッドは自分をからかいたいだけなのだ。動揺したり怒ったりしても、彼の思うツボだ。

(だいたい、私とディルになにかあったかも……なんて、軟禁されていたはずのフレッドが、どうして知っているのよ)

「ふふ。君らの気持ちなんて、とっくの昔からお見通しさ! まぁ、いいや。楽しい恋の話は面倒事がすべて片づいてからにしよう」

ようやく真面目な話をするつもりになったらしい。フレッドはすっと表情を変えた。

聡明で優美な、いつも王宮で見せていた彼の顔だ。

「なにから話したらいいのかな? まぁ、確実に言えることは、今回のことは僕の責任だ。迷惑をかけて本当に申し訳なかったね」

「……なにがあったの? 失踪はフレッドの意思だったの?」

フレッドは力なく笑って、「そうだ」と短く答えた。

「どうして? フレッドより王位にふさわしい人はいないのに。ミレイア王国に一番必要な人よ」

「うん、僕はミレイア王国を愛している。美しいアドリル海も、金色に輝く小麦畑も、勤勉な国民も、君やディルのことも……」

「だったら、どうして？」

フレッドの気持ちがちっともわからない。彼が出ていく理由が、どこにあったというのだろう。

「愛しているからこそ、裏切り続けるのがつらかったんだ」

フレッドの話は、プリシラが予想もしていなかったものだった。それは彼が生まれる前まで遡る。

「母にはね、長いこと思い合っていた恋人がいたらしいんだ。だけど、急死した姉の代わりに王家に嫁ぐことになって……父親、僕の祖父であるザワン公爵に別れさせられてしまったんだ」

サーシャ王妃に姉がいて、もともとは彼女が王妃になる予定だったことはプリシラも知っていた。ひどい話ではあるが、よくあることでもある。

現にプリシラも、フレッドがダメならその弟と、という単純な理屈でディルと結婚したのだから。

「けれど、問題がひとつ。結婚式のとき、すでに母のお腹には僕がいたんだ。父親は……間違いなく恋人のほう」

フレッドは淡々と語ったが、プリシラは驚きのあまりしばらく声が出なかった。

「……そんなっ」

フレッドは陛下の子どもではない⁉　それが真実ならば、今のミレイア王国の法では、フレッドの王位継承権は認められないはずだ。

プリシラの視線を受けて、フレッドはすまないというように、軽く肩をすくめた。

「母と祖父をかばうわけじゃないけど、最初から陛下を騙すつもりはなかったんだよ」

ザワン公爵は生まれた子は死産だったと陛下に報告するつもりだった。お産に関わる人間はすべてザワン家の息のかかった者にして、秘密を隠し通す覚悟でいた。

「僕はこっそりと実の父親のもとに届けられる予定だったんだ。父は画家で、身分は低いけど生活はそれなりに裕福だったみたいだから」

ところが、フレッドが生まれたその日、事情が変わってしまった。たいへんな難産で、サーシャ王妃は二度と子どもを生めない体になってしまったのだ。

「祖父の気持ちも……わからなくはないんだ」

「そうね。私のお父様も、もし同じ状況だったら……」

権力への執着、それももちろんあるだろう。だが、それだけではない。子を成せない王妃という立場はつらいものだ。

美貌、知性、教養、王妃に必要とされるものは数えきれぬほどある。けれど、もっとも重要な役割は血を残すことだ。どんなに美しく、賢くても、子を身ごもらなければ、王宮では肩身の狭い思いをすることになる。最悪の場合、離縁に追い込まれることだってあるのだ。

「ザワン公爵もさ、権力欲八割、娘かわいさ二割ってとこだったんじゃないかな。魔が差したにしても、最低の愚策だと思うけどね」

「そうね。そんな嘘が露見したら、サーシャ王妃だけでなくザワン公爵家は破滅だわ」

「やるからには徹底的に。嘘も百年つき通せば、真実になる。祖父はそう考えたみたいだ。そんな祖父にとって、僕以外の男子の誕生は脅威だった」

フレッドは母親似だった。当たり前だが、陛下にはまったく似ていない。もし、生まれてきた男子が陛下によく似ていたら？　陛下の関心はそちらに向いてしまうのではないか？

――それはなんとしても阻止しなければ。王太子は長男であるフレッドだ。

ザワン公爵はそう考えたのだろう。

「祖父にとっては幸いなことに、身ごもった陛下の愛人は身分の低い娘だった。この国は母親の血統も重要視する。彼が僕に取って代わることなどありえない。……にもかかわらず、それでも不安だったんだろうね」

フレッドは祖父を憐れむように苦笑した。

「ま、まさか……ディルのあの噂は……」

「うん、ザワン公爵が仕組んだことだよ。陛下は年を重ねて信心深くなっていた。それをうまく利用したんだ。ただ、王都の大火は……予定外だった。ボヤ程度で済ませるはずが、思ったより火が回ってしまったらしい」

プリシラは絶句した。

「――驚いた？」

フレッドの話をすぐには理解できなかった。明かされた真実が重すぎて、処理が追いつかないのだ。

（王都の民にもたくさん被害が出たというあの火事が人為的なものだった？　なんて、馬鹿なことを――。それに、ディルの呪いもすべて嘘だったなんて。ディルはあんなに苦しんでいたのに）

父の政敵ではあるが、プリシラはザワン公爵を嫌いではなかった。冷静で理知的、経験豊富な政治家。こんな馬鹿げた保身に走る人物だとは、思ってもいなかった。

「……ま、待って。フレッドはいつから？　ずっと知っていたの？」

「母が亡くなる間際に。もうしゃべることもできなかったから手紙をもらったんだ。母はがんばったと思うよ。僕を守るために、重すぎる罪から目を背けて生きてきた。けど、最後に懺悔したくなったんだろうね」

サーシャ王妃が亡くなったのはもう四年も前のことだ。フレッドはその間、ずっとこの秘密を抱え、苦しんでいたのだろう。

「わ、私、なにも知らずに。気づかずに……ごめんなさい」

フレッドは目を伏せ、ゆるゆると首を振った。

「実はね、そんなにショックでもなかったんだよ。ディルのあの黒髪は陛下譲りだけど、僕は本当に陛下には似ていなかったしね。どこかで、やっぱりなと思ったんだ」

たしかに、ディルと陛下はよく似ている。髪色だけでなく、どこか近寄りがたいような、独特な佇まいも。

それから、フレッドはこの四年間、なにを考えてきたのかを明かしていった。

「正直言うとさ、ディルが無能なら、あのままずっと黙っとこうかとも思ったんだ。僕の抱える秘密は国にとって爆弾だけど、ディルが王位を継ぐことがそれ以上の地雷になっちゃうならね」

「けど、法では男系継承が定められていて……」

生真面目なプリシラの反論を、フレッドはあっけらかんと一蹴する。

「血統も伝統も大切だけど、それで国が滅んだら意味ないじゃないか。間違えちゃいけない。一番に守るべきは国民と国土だ」

「……ディルも同じようなこと言っていたわ。血はそんなに重要じゃないって」

本当にそうかもしれない。だって、血はつながっていなくともフレッドとディルはこんなにも似ている。同じように物事を見て、同じように考える。

先ほど、フレッドは陛下とは似ていないと言った。外見はそうかもしれない。だが、確実に受け継いだものはあるはずだ。

「そこなんだよ！　悔しい限りだけど、ディルは無能じゃない。王の資質をちゃんと持っている。……となると、爆弾を抱えた僕よりディルが王位にふさわしい。何度考えても、この結論になるんだよなぁ」

口では悔しいと言ったが、フレッドはどこか誇らしげな顔をしている。

「フレッドは、王位にふさわしいわ。この国の誰よりも……」

そんな台詞が気休めにもならないことは、承知している。それでも知っていて欲しかった。プリシラも、ディルも、ターナも、国民も、それから国王陛下も、次の王はフレッドだと信じていた。彼の失踪など、誰も望んではいなかった。

「いや、やっぱりディルがふさわしいよ。ディルは君を深く愛している。多分、君のためなら迷いもなく命を捨てる。僕は……大切なもののために、命を捨てる勇気は、とうとう出なかった」

「まさかフレッド、あなた……」

その先を言葉にすることは、恐ろしくてできなかった。

「うん。僕が死ぬのが、一番いい解決策だ。その答えはずいぶん前から出ていたんだ。あのエスファハン帝国にいる継承者よりは、ディルを推す声が多いはずだし。けど、僕がぐずぐずしている間にルワンナ王妃がおかしくなってしまって、ややこしくなってしまった」

「ぐずぐずしていて、よかったわ。死ぬなんて、絶対ダメよ」

プリシラは自分が情けなかった。フレッドにはたくさん助けてもらってきたのに、なにひとつ返すことができていなかった。

「うん。僕だって、死なずに済むなら、そうしたかった。些細なことだけど、生きたいと願う僕なりの理由もあったしね。でも君との結婚式を前にして、さすがに焦り始めた。子どもでも生まれてしまったら、もう引き返せなくなる。あのパーティーの夜、今日が最後のチャンスだ、覚悟を決めよう。そう思った」

そして、遺書も書いた。自死ではなく失踪を装ったのは、そのほうが自然だと思ったからだ。堅苦しい王宮を出て自由になりたかった。けれど、逃亡途中に不慮の事故で亡くなった。そういう筋書きだったとフレッドは語った。

「真実は、明かさないほうがいいと思ったんだ。ザワン公爵はまだ国にとって必要な人材……いや、単なる身内の情かな？　僕にとっては、優しい祖父だったんだ」

フレッドは優しすぎたのかもしれない。優しすぎるから、追いつめられて、どこへも行けなくなってしまったのだ。

「けど、ディルにだけは秘密の手がかりを——母から受け取った手紙をね、残してしまった。彼が知れば、僕の死に責任を感じるのもわかったうえでね。あのときは母の気持ちがよくわかったよ。人間、死ぬときくらいは楽になりたいんだな。秘密を墓場まで持っていくのは、すごく重荷なんだ」

そして、ディルはその手がかりを見つけた。早朝にユーレナに出かけたというあの日、あれはきっと秘密の真偽を確かめに行ったのだろう。

「ただひとり、真実を知ったディルが孤独な玉座に座るというほろ苦いエンディングを迎えるはずだったんだけどね」

フレッドは死ななかった、死ねなかった。どちらだろうか。

彼は苦笑しながら言った。

「今度はね、祖父の気持ちがよくわかった。魔が差したとしか言えない。どうしてあのとき、ナイードの怪しい誘いに乗ってしまったのか」

死を覚悟したフレッドに、ナイードは甘くささやいた。

『――なにも死ぬことはありません。本当に失踪してしまえばいいじゃないですか。私はあなたの本当の父親を知っています。彼は世界中を旅する画家だ。一緒について回ったら、きっと楽しい』

『――さぁ、私と来れば自由になれる』

「ナイードの目的は？」

「最初はルワンナ王妃に雇われて、僕とディルを王宮から抹消しようとしていたみたいだ。僕は暗殺、ディルをその犯人に仕立てることでね。報酬は王妃から爵位をもらうことだったらしい。彼は貴族の身分に異常に執着している」

「今はその目的が変わったの？」

「彼は僕の身辺を洗っているうちに、僕の秘密に勘づいた。それで、ルワンナ王妃ではなくザワン公爵と取引することに作戦変更したようだね。ロベルト公爵やディルの処分が済んだ後で、間一髪で僕を助け出したとでも名乗り出るつもりだったんじゃないか？　ルワンナ王妃に脅されていたとか、なんとでも理由はつけられる。そうすれば、ザワン公爵にとってはかわいい孫を救ってくれた恩人だ。そのうえ、秘密を知っているとなればザワン家の一員に加えるくらいのことはするだろう」

「そんな……」

「ナイードにしてみたら、僕が国王になれば、なおいい。国王の重大な秘密を握っていることになるんだからね」

「でも、どうしてナイードに秘密が……」

「正直なところね、薄々気がついている人間はいるのかもしれない。ただ、あまりにも大きな秘密だし、表だって騒ぐ者はいなかっただけかもね」

君の幸せを願う

「ふふっ。悪くはない読みですよ。さすがフレッド殿下です」

不気味な笑い声に振り返ってみれば、いつの間にそこにいたのだろう。

鉄格子の向こうに、ナイードの青白い顔が浮かんでいた。黒いマントで全身を覆っているせいで、本当に首から上だけが浮かんでいるように見えて、プリシラは息が止まるかと思うほど驚いた。

かちゃりと南京錠がはずれる音がして、ナイードが部屋に入ってくる。同時に、フレッドが自分の背にプリシラを隠した。

「心配なさらずとも、私はそんな女には欠片も興味はないですよ。フレッド殿下、あなたのほうがずっと魅力的です」

そう言って、フレッドにじっとりとした視線を送った。これには、さすがのフレッドも少したじろいだ。

「う〜ん。僕は博愛主義ではあるけれど……自分を軟禁するような相手は勘弁願いたいな」

「部屋は清潔で、光も風も入る。寝具も与えたし、食事も三回。十分、高待遇にしたつもりですけどねぇ……そこの女だけなら、地下牢にぶち込んで終わりですよ」

「それは感謝する。ありがとう」

フレッドは引きつった笑みを返す。

「……私、あなたに嫌われるようなことなにかしたかしら?」

プリシラは納得いかない顔だ。プリシラのほうもナイードは苦手だ。だから好かれたいとは思わない。けれど、毛嫌いされる理由も思いつかない。

ナイードは深いため息を落とすと、話にならないとでも言いたげに首を振った。

「女は嫌いなんですよ。女はすぐ感情的になるから。ルワンナ王妃もそうです。もっと役に立つかと思っていたのに、いまだに過去の呪いに囚われて……壊れてしまった。だから、彼女は切ることにしたんです。それから、あのリズとかいう侍女も……余計なことはせずに、ただ命令に従っていればいいものを、本当にいまいましい」

ナイードの計画は、成就まであともう一歩のところまできていた。ザワン公爵と密会する手はずも整っていたのだ。

「それで、僕らをとらえたところで、この後はどうする?」

「三人で心中とか、そんなのは嫌よ」

フレッドとプリシラが言うと、ナイードは鼻で笑った。

「こうなったら、惜しいのは自分の命だけです。お前たちの命と引き換えにしても、私だけは助からなくては。命がなくては、家の再興もできませんからね」

「だから、わざわざプリシラまでさらってきたわけか」

フレッドは納得したようだが、プリシラは理解が追いつかなかった。

「え？　どういう意味？」

「ルワンナ王妃がつかまった。今実質的に国を指揮しているのはディルと義父であるロベルト公爵だろう。ふたりにとって、一番価値ある人質は……」

フレッドの言葉をナイードがつなぐ。

「あなたですよ。公爵がひとり娘を溺愛しているのは有名だ。ディル殿下も後ろ盾である公爵の機嫌は損ねたくないでしょう」

「……あいつはプリシラの命と引き換えなら、玉座すら譲るんじゃないかなぁ」

フレッドはのんびりと言って、笑った。

「もうっ。フレッドはなんでそんなにのんきにしてられるのよ！　私たち、人質に取られているのよ」

「いやぁ、だってね、圧倒的に分が悪いのはナイード側みたいだから。命さえ助かれば……ってことは、君にはもうなんの切札も残ってない。これは最後の悪あがきってとこだろ？」

ナイードは答えなかったが、その表情からフレッドの読みが間違えていないことはわかる。

「すぐに王都警備隊がここを見つけてくれるさ。おそらく、ここはルワンナ王妃の私領のどこかだろう？　王妃がつかまった今なら、自由に捜索できるはずだ」

「そうだといいけど……」

プリシラはフレッドほどは状況を楽観視できなかった。ナイードがやけを起こす可能性だってあるし、元気そうに見えるけど長い軟禁生活でフレッドは多少なりとも衰弱しているはずだ。

（フレッドだけでも、ここから逃がすことはできないかしら？　天窓はどう考えても体が通らない。鉄格子を壊すのも不可能そう。ナイードから鍵を奪う？　そんなに甘くはないわよね）

「心配しなくても大丈夫だよ、プリシラ。ほら、満を持してヒーローの登場だ」

フレッドはそう言って鉄格子の外に視線を向ける。カンカンと階段を駆け上がる音とともに、息を切らしたディルが姿を現した。

「やぁ。遅いよ、ディル。フレッド姫は待ちくたびれたよ」

「うるさい。誰が姫だ」

突然現れたディルに驚いて、言葉も出ないプリシラとは対照的に、フレッドは当然のようにディルを迎えた。

「ディルが来るのを知っていたみたい。どうして？」

プリシラがフレッドにそう言うと、彼は声をあげて笑った。

「そりゃ、君がつかまっているんだもん。ディルなら光の速さで飛んでくるさ」

「プリシラ」

ディルに名を呼ばれ、プリシラは彼を見た。

無事でよかった。助けにきてくれて、ありがとう。フレッドを必ず助けて。伝えたいことはたくさんあるのに、言葉にならない。

ディルが名前を呼んでくれた。それだけで胸がいっぱいになってしまう。

自分でも驚くほどだ。いつの間に、ディルの存在はこんなにも大きくなっていたのだろう。無邪気な恋心はプリシラ自身も気づかぬうちに、深い愛へと変わっていた。

「悪い。光の速さにはかなわなかったな」

ディルもまた、慈しむような眼差しをプリシラに向ける。自分と同じ、いや、それ以上に彼も自分を愛してくれている。それがはっきりとわかる。

（ディルがいてくれる。怖いものなんて、なにもない。ディルもフレッドも絶対に無事に王宮に連れて帰らなきゃ）


「ご無事ですか？　フレッド殿下、プリシラ様！」

遅れて階段を駆け上がってきたターナが、南京錠を力づくで破壊しようと悪戦苦闘し始めた。

「そう簡単には壊れませんよ。少なくとも、私が人質に短剣を突きつける時間は稼げるようにしていますから」

ナイードはプリシラの前にかがみ込むと、言葉通り首筋に短剣を突きつけた。ひやりとした金属の感触に、プリシラの額から嫌な汗が流れた。

ディルはぴくりと眉根を寄せた。ほとんど変わらないように見えるが、これは彼が心底怒ったときの表情だ。

「無駄な抵抗だぞ。下はもう王都警備隊が包囲している。逃げ場はない」

ナイードはふんと笑うと、短剣を握る手にほんの少し力を加えた。ぷつっと皮膚が裂ける音がして、プリシラの白い首筋に鮮血が流れ落ちた。

「この娘の命が惜しければ、逃げ場をつくっていただきましょうか」

ディルは軽蔑の眼差しとともに、吐き捨てるように叫んだ。

「このごに及んで、まだ命が惜しいか？　いいだろう、助けてやる。なんなら逃亡費用もくれてやるから、さっさと失せろ」

「ちょっと、ディル殿下！　大罪人を見逃すなんて、勝手なこと言わないでください」

ターナがあわてて、ディルの口を塞ぎにかかる。

「こんな小物、生きてようが死んでようが、どっちでもいいだろうが」

「ダメよ、ディル！　ナイードはフレッドの秘密を……」

プリシラが叫んだ。あの秘密を握ったまま、逃がすわけにはいかない。またミレイア王国によからぬ争いを起こしかねない。

「そうそう。賢くなったね、プリシラ。安心して我が国とかわいい弟を任せられるよ」

フレッドはにっこりと笑いながら、自身の手足を拘束する縄をするするとほどいていく。

「なっ……」

驚きの表情を浮かべるナイードの前に、とき放たれたフレッドがつかつかと歩み寄っていく。

「ちょっとしたコツがあるんだよ。まぁ、もう知る必要もないさ。残念ながら、君は僕と心中する運命だからね」

「馬鹿っ！　やめろ、フレッド！　そこまでする必要は……」

ディルは鉄格子に手をかけ、フレッドを止めようと声を荒らげた。だが、フレッドは穏やかな笑みを返すばかりだ。

「ディルならわかるだろう。火種とそれを利用しようとする者はいずれも消えたほうがいい。祖父の処遇は君に任すよ」

フレッドはナイードから短剣を奪うと同時に、プリシラを突き飛ばし、自分たちから遠ざけた。

ちょうど同じタイミングで、ターナが破壊した南京錠が派手な音をたてて、床に転がった。ディルとターナが勢いよく、部屋の中に駆け込んでくる。

プリシラは目の前の光景を呆然と眺めていた。

短剣を奪い合って、もつれ合うナイードとフレッドの様子が、プリシラの目にはまるでスローモーションのように映る。恐怖に引きつるナイードの顔と、すべてをあきらめてしまったようにどこまでも穏やかなフレッド。

鈍く輝く銀色の切っ先が、振り下ろされる。剣を握っているのはナイードのほうだ。

「だめっ」

つい先ほど、誓ったばかりだ。フレッドもディルも必ず無事で連れて帰ると。制止しようとするディルの腕をはねのけ、プリシラは無我夢中で飛び出した。幸か不幸かフレッドと同じ柱に足をつながれているため、ふたりとの距離はそう離れてはいなかった。

刃物が肉をえぐる嫌な音がする。痛みは感じない。ただ、足もとに鮮やかな赤色が広がっていくだけだ。これは自分の血ではない。

間に合わなかったのではない。逆に、かばわれてしまったのだ。

プリシラはそう理解した。

――あぁ、怖いほどに美しい赤。これはフレッドの……？

その答えを知るより前に、プリシラは意識を手放してしまった。最後に聞こえたのはフレッドの優しい声だった。

「大好きな君たちの幸せを願うよ」


〝ミレイア王国暦××××年　フレッド殿下失踪事件〟

――王太子であったフレッド殿下が自身の結婚披露パーティーの夜に失踪した。当初はフレッド殿下自身の意思による逃亡かとも思われたが、真相は王妃ルワンナによる暗殺未遂事件であった。

主犯のルワンナ、実行犯で事件の露見後に逃亡をはかろうとしたナイードはともに投獄され、重い処罰を受けた。

なお、フレッド殿下は王都警備隊により救出はなされたものの、衰弱が激しく、生きて王宮に戻ることは叶わなかった。彼の遺体は王家の墓に丁重に葬られた――。

国の公式記録には以上の事柄のみが簡潔に記され、国民にも同様の説明がなされた。

フレッドの秘密、ザワン公爵の罪については、沈黙が守られる形となった。これは裏切られていた張本人である国王陛下の判断であった。

事件後、病床の陛下にだけはすべての事実が告げられていた。

陛下は私室に呼び寄せたディルとプリシラをじっと見据え、ゆっくりと口を開いた。

「ルワンナが馬鹿なことをした。すまなかったな。フレッドのことは……おそらくそうだろうとは思っていた。だがな、どうでもよかった。あれは私の子だ。このミレイア王国の王太子だ」

フレッドと血のつながりがないこと、陛下は気がついていたのだ。そのうえで、フレッドを息子だと言いきった。

　陛下の思いを受け止め、ディルは力強くうなずいた。

「それから、ディル。お前も私の息子だ。だが、私はどうもお前が苦手でな。正直に言えば、今も落ち着かない気分だ。――なぜかわかるか？」

「知るかよ」

　悪態をつくディルを見て、陛下はふっと微笑んだ。ディルもプリシラも初めて目にする優しい表情だった。

「お前は私に似すぎているんだ。国王なんて面倒な仕事は、おそらくお前には合わないだろう。自由の身でいるほうがお前らしいが……私と同じく、それは叶わない運命のようだな」

「そうかもな。俺も国王なんて心底面倒だと思うが、なぜかこの国は嫌いになれない。あんたと一緒でな」

「そうか。それなら、よかった……」

　陛下は穏やかな口調で言って、静かに目を閉じた。そして、それが陛下の残した最期の言葉となった。

この日、プリシラは許可をもらって久しぶりに実家を訪れていた。両親だけでなく、ローザもアナも屋敷の使用人たちも、プリシラを温かく迎えてくれた。

「ん～！　やっぱりお母様の作るシチューは絶品ね」

テーブルに並びきらないほどたくさんの手料理に、プリシラは片っぱしから手をつけた。母親とローザがプリシラの好物ばかりを用意してくれたのだ。

「そういえば、聞いたわよ。アナ、縁談のお相手とうまくいきそうなんだって？」

プリシラがちらりとアナを見ると、彼女は口に手をあてて、にんまりと笑った。

「うふふ。そうなんですよ。ディル殿下のような……とまではいえないですけど、なかなかのハンサムで一目惚れしちゃったんです」

「まったく、この娘は。浮かれている暇があるなら、花嫁修業のひとつでもしなさいな。でないと、すぐに愛想を尽かされますよ」

ローザのお説教口調にアナはうんざりと言いたげな顔だ。

「もう、縁起でもないこと言わないでよね！」

母娘喧嘩が始まってしまいそうな気配を察して、プリシラはあわてて止めに入った。

「まぁまぁ。素敵なお相手が見つかって、おめでたいことじゃないの。幸せになってね、アナ」

「はい！　もちろん、そのつもりです」

彼女らしい返事に、みなが笑う。

「ほらほら。せっかくの楽しいお席なんですから、あなたもいつまでも暗い顔してないでくださいな」

疲れきってすっかり覇気を失った夫に公爵夫人はそう声をかけた。プリシラも同意する。

「そうよ。今日はお父様がようやく解放されたお祝いでもあるのだから。ね、もう元気を出して」

ロベルト公爵はフレッド暗殺の疑惑が晴れ、一度は釈放されたものの、真犯人が自身と親しいナイードだったために再度、王都警備隊からの取り調べを受けていたのだ。昨日、ようやく解放された。

「さんざんな目にあった」

「ナイードみたいな信用ならない男を、そばに置いたお父様も悪いと思うわ」

「奴の仕入れてくる酒があんまりうまいから、ついつい騙されてしまった。とんだ大失敗だったよ」

ブツブツと不満を漏らす父親の肩を、プリシラは優しく叩いた。

「お父様も、しばらくはゆっくりなさったらどう？　夫婦で旅行なんて、いいんじゃない？」

「まぁ、それは素敵だわ」

妻のうれしそうな笑顔に、ロベルト公爵もまんざらでもなさそうに、うなずいた。

「うむ。最大のライバルだったザワン公爵も隠居しちゃうんじゃ、張り合いもないしな。私も少しのんびりするかね」

ザワン公爵は事件のすぐ後、公爵位を甥に譲り自身は隠居することを発表した。私財はすべて孤児院に寄附をしたそうで、これまでとは比べものにならない慎ましい余生を送っているらしい。

引退は高齢のためだろうと言われているが、ロベルト公爵の情報網なら真実が耳に届いているかもしれない。

それでも素知らぬ顔を通しているところは、我が父ながら、なかなか男らしいとプリシラは密かに公爵を見直した。

「それにしても、あのディル殿下が明日には新国王なんてね……」

ローザがしみじみとつぶやいた。

「ローザはまだディル殿下が嫌いなの？」

プリシラはクスクスと笑いながら、言った。

「ええ。プリシラ様を泣かすようなことは、たとえ国王陛下であっても許しませんと伝えてくださいな」

「頼もしいわね。でも、心配いらないわ。ディル殿下はとっても素敵な旦那様だから」

それからプリシラはディルがどれだけ素敵か、自分がどれほど幸せかを、みなが疲れきって音を上げるまで延々と語り続けた。


高く澄んだ秋の空に、白い雲が流れていく。王都シアンは、新国王の即位に沸き立っていた。

「さぁ、いよいよ今日は戴冠式だわ。もう気軽にディルなんて呼べなくなるわね」

プリシラは隣に立つディルを見つめた。まばゆいほどの黄金と宝石を惜しみなく使用した豪華な衣装をさらりと着こなす彼には、すでに国王の風格が漂っている。

気高く、凛々しく、美しかった。

プリシラはそんな彼を誇らしく思うのと同時に、ほんの少しだけ寂しさを感じてしまう。なんだかディルが手の届かない存在になってしまうような気がしたのだ。

（馬鹿ね。私ってば、おめでたい日になにを考えているのかしら）

「プリシラ」

「えっ……」

ディルはプリシラの名を呼ぶと、ぐいっと肩を引き寄せ、半ば強引に唇を奪った。

「ま、待って」

「黙っていろ」

「んっ」

深く、深く、どこまでも甘く、溶け合うようなキスだった。頭の芯が痺れて、もやがかかっていく。

「や、ダメ……」

プリシラの抗議の声などまるで聞こえていないかのように、ディルはいつまでも唇を解放してはくれない。さらに彼の右手がプリシラのドレスの胸もとのボタンに伸びてきて……。

「ディル、いい加減にしなさい！　こんなときになに考えているの」

プリシラがディルの右手を振り払い叫ぶと、ディルは心底うれしそうに笑った。

「ははっ。うん、それでいい。――お前の前ではディルのままで、ただのひとりの男でいたい」

「え？　もしかして、わざと？」

プリシラの寂しさを感じとってくれたのだろうか。が、ディルはにやりと笑ってプリシラの頬をなでた。

「いや。ドレス姿にそそられただけだ。……この姿をあんまりほかの男には見られたくないな。着替えてきたら、どうだ？」

「ええ？　今日の主役はディルだから、私は控えめにしたつもりだけど」

プリシラの今日のドレスはとてもシンプルなものだ。純白のシルク地で、ロングスリーブにハイネック。装飾は胸もとのくるみボタンだけだ。どちらかといえば修道女の衣服に近く、どう考えても男心をくすぐるようなデザインではない。

「隠されると、かえって想像をかき立てられるんだよなぁ」

「じゃあ、もっと肩や胸もとが出るドレスにしたらいい？」

「それは絶対ダメだ」

「もう、どっちよ」

ふたりが終わらないかけ合いを続けていると、トントンと扉がノックされターナが顔を出した。

「お楽しみ中にお邪魔して申し訳ございませんが、新国王陛下にお手紙が届いております」

ディルはターナに礼を言い、それを受け取った。どこかの異国の絵が描かれたハガキのようだ。

「誰から？」

プリシラが聞くと、ディルは笑ってそれを投げてよこした。

「気ままに世界を放浪している画家の息子からだ」

戴冠式はおごそかな空気のなか、進んでいく。頭上に王冠を戴（いただ）くその瞬間は、さすがのディルも少し緊張しているように見えた。

たったひとりで玉座に座る国王というのは、周囲が想像する以上に孤独なものだ。ディルの背中を見つめ、プリシラは決意する。

（私の生涯を、彼を支えることに捧げよう）

幼い頃からこの国の王妃になるため、努力を重ねてきた。その努力が、愛する人を支えるという最高の形で報われるのだ。こんなに幸せなことはない。

戴冠式の後は国王夫妻が馬車でシアンの町をぐるりと回るパレードが企画されていた。国民と触れ合える数少ない貴重な機会ではあるが、国民からの人気や期待がはっきりとわかってしまうという残酷な一面もあった。

プリシラは少し心配だった。フレッドがとても人気だっただけに、国民はディルが国王となったことをどう受け止めているのだろうか。

馬車がゆっくりと動きだした。ふたりを待ちわびていた国民に向かって、ディルとプリシラはにこやかに手を振る。すると、わぁ～という予想以上の大歓声があがった。馬車が進むほどに、歓喜と熱狂が広がっていく。

「美男美女ね！　なんて絵になるふたりなのかしら」

「けど、呪われた王子なんだろ？　大丈夫なのか？」

「いやいや、そんな予言をものともせず国王になられたんだ！　かえって縁起がいいじゃないか」

「そうよ、そうよ。あんなに素敵な王様、見たことない！」

「めでたい、めでたい。我がミレイア王国は安泰だ！　ディル陛下、万歳！　万歳！」

あちこちで新国王をたたえる声があがる。

「……みんな現金なんだから。うれしいけど、なんだか複雑な気分だわ」

プリシラがぼやくと、隣でディルが苦笑した。

「まぁ、いいんじゃないか」

「そもそもあの予言はでっちあげだったのに、それくらいは公表したらいいのに」

フレッドの秘密を守ることはプリシラも賛成したが、ディルの予言の件まで黙っておくのは納得がいっていなかった。

だが、ディルはずっと取り合ってくれないのだ。

「お前の乳母も言っていたじゃないか。実力を示せって。その通りだよ」

「うーん、でも……」

「それに、俺は別に国民から愛される王じゃなくてもいいし」

「ええ？　ダメよ、そんなの」

ディルはプリシラの反論を無視し、力強く肩を抱き寄せる。耳もとに唇を近づけると、極上に甘い声でささやいた。

「——お前が愛してくれるなら、それだけでいい」

「な、なに言って」

プリシラの頬が一気に赤く染まる。頬だけでなく、体まで熱くなっているみたいだ。

「本心だよ。ずっと言いたくて、けど、言えなかったことだ。もう我慢しない。伝えたいことはすべて伝える」

プリシラは戸惑った。死んでもいいと思うほどにうれしいけれど、恥ずかしさがそのうえをいく。ディルとこんなに甘い関係になれるなんて、想像もしていなかったのだから。

「えっと。でも、なにもこんなところで。ねぇ？」

なにがねぇ？なのか、自分でもよくわからなかった。頭が真っ白だ。才色兼備の公爵令嬢だったはずの自分はどこへ行ったのだろう。ディルの前では全然ダメだ。

「どんな場所でも、誰が聞いていても、俺はかまわないよ。プリシラだけを愛している。ずっとずっと欲しくて、やっと手に入れたんだ。一生、大切にする」

そう言ってディルは、本当に幸せそうに微笑んだ。

「そんな顔されたら、なにも言えないじゃない」

プリシラは真っ赤な顔でうつむいた。そして、小さな声でささやく。

「今ね、世界一幸せよ。怖いくらい」

ディルは優しくうなずくと、プリシラの額にキスを落とす。

「あぁ、そうだ。別の意味でも、もう我慢する気はないから。今夜からは毎晩、お前の部屋に帰る。覚悟しておけよ」

「えぇ⁉」

事件の処理が終われば次は即位の準備と、ディルはずっと多忙だった。リノ離宮での一夜以来、プリシラは彼と夜を過ごしていなかった。

もちろん寂しくはあったが、どこかほっとしている部分もあった。

(だ、だって、お互いの気持ちを確かめ合ったわけだから……もうディルはソファでってわけには……)

華やかに、パレードの隊列は進んでいくが、プリシラはすっかり上の空だ。

(こんなんじゃ、王妃失格だわ)

エピローグ

その夜。宣言通りに、ディルはプリシラの部屋にやって来た。

「お疲れさま。戴冠式にパレードにパーティーにと、疲れたでしょう」

ふたりのベッドに腰を下ろしたディルから、ずいぶんと離れたところでプリシラは声をかけた。

「全然。すごく元気だよ」

「そ、そう？　えっと、パーティーは楽しかったわね。王都警備隊から解放されたリズにも久しぶりに会えたし、ターナもうれしそうだったし」

知らないふりでかまわないと言ったディルの言葉を無視して、リズは自らの罪を告白してしまったのだ。そのため、つい最近まで王都警備隊のしつこい取り調べを受けていた。

やむにやまれぬ事情があったこと、真犯人逮捕に大きく貢献したことなどが考慮され無事に釈放された。

またプリシラの侍女として勤めてくれることに決まったのだ。

「あっ、スワナ公とマリー様も。久しぶりにお話できて楽しかった」

スワナ公夫妻と子どもたちもお祝いに駆けつけてくれたのだった。

「そうだな。楽しみなプレゼントももらったしな」

ディルの言葉にプリシラはおおいに焦った。

(しまった！　今、話す話題じゃなかったわ)

マリー妃からのプレゼント。それは……かわいらしい産着だった。ただし、びっくりするほど大量の！

『ね！　これだけあれば、た〜くさん赤ちゃんが生まれても大丈夫でしょ』

マリー妃の楽しそうな顔を思い出す。

「がんばるって約束したしなぁ」

ディルはこちらを見て、にやりと笑う。ゆっくりとベッドから立ち上がるとプリシラに向かって、まっすぐに歩いてきた。

「ディ、ディル？」

「おしゃべりはそろそろおしまいにしないか？」

「そんな！　まだたくさん話したいことが……」

「なんの話だ？」

「政治や外交問題のこととか。ほら、王妃としてもっと勉強しないとって、改めて思って」

「明日の昼に教えてやる」

長い指がプリシラの頬にそっと触れる。プリシラはびくりと体をこわばらせた。

ディルは不思議そうに首をかしげた。

「あのとき、一度きりにはしないって約束しただろ。忘れたか？」

プリシラはふるふると首を振る。

「覚えているわ。けど、あのときは必死で。こうやって日常に戻ると、やっぱり恥ずかしくて」

「俺に触れられるのは嫌か？」

プリシラは弾かれたように顔を上げ、ディルを見た。視線が絡み合う。ディルの瞳は熱っぽく、見つめられただけで心臓が射抜かれたようにぎゅっとなる。

「……嫌なわけない。ドキドキして、うれしくて、幸せよ。けど、自信がないの。私ばっかり、溺れてしまいそうで」

経験豊富なディルと違って、プリシラは未熟だ。こんな自分でいいのか、不安でたまらない。ディルはふっと笑ったかと思うと、プリシラを勢いよく横抱きにした。

「きゃっ」

「教えてやろうか？」

ディルはお姫様抱っこのまま、プリシラをベッドまで運ぶと、彼女の体をそっと横たわらせた。

「この瞳も、この髪も、白い肌も、爪の先までも、すべてが俺を喜ばすために存在しているんじゃないかと思うほどだ」

ディルは額、頬、胸もとと順々にキスを落としていく。ディルの唇が通ったところから、プリシラの体に火がついていく。

「溺れきっているのは俺のほうだろ。けど、お前で溺れ死ぬなら本望だ」

「うそ……」

そんなことない。ディルの視線ひとつで、指先がかすかに触れただけで、プリシラはこんなにも乱れていく。ディルのすべてがプリシラを狂わせる。先に溺れ死ぬのは、きっと自分のほうだ。

狂おしいほど甘い夜は、いつまでたっても終わりが見えなかった。

「ディル、ディルってば」

かすかな衣擦れの音と、愛しい女の甘い声でディルは目を覚ました。

「ん？　プリシラ、もう起きたのか？」

見れば、上半身を起こしたプリシラは体にシーツを巻きつけている。今さらなにを恥ずかしがるのか、ディルには理解しがたい女心だ。

「もうじゃないと思うわ。すでにお昼に近い時間よ」

「別にいいだろ。もう少しゆっくり……」

プリシラの腕を取り、ベッドに引きずり込もうとする。が、敵はそれを必死に阻止しようとしてくる。

「ほら、今日こそ政治とか外交問題とか教えてくれる約束だったでしょ」

「……また明日な」

「その台詞、昨日も一昨日も聞いたわ。新国王が即位早々にこんな生活していちゃダメよ」

「なにか問題があれば口うるさいターナが飛んでくるさ。来ないってことは、これが最重要の公務ってことだ」

「公務って……ただ、ダラダラと、その……」

プリシラの顔がみるみる赤くなっていく。

「世継ぎを残すのは、王の一番大事な仕事だろ」

言いながらディルは、プリシラの体を隠す無粋な布を剥ぎ取っていく。

鎖骨に、胸もとに、唇を寄せれば、あっという間に彼女の体はかわいらしい反応を見せる。

「もうっ。ダメだってば」

「お前のダメは逆の意味だろ。この数日でよくわかったよ」

「ち、違うわよ。ディルの馬鹿～」

あわてふためくプリシラを眺めながら、ディルは笑った。

「長い間、さんざん我慢させられてきたんだ。数日で満足なんてあるわけないだろ。あきらめて、覚悟を決めるんだな」

生涯でたったひとつ、初めて、欲しいと思ったもの。それがプリシラだった。彼女の心も体もようやく手に入れて、これ以上ないほど満たされているというのに……。

まだ足りない。もっともっと欲しいと思ってしまう。

「意外と強欲だったんだな、俺は」

fin

特別書下ろし番外編

大切なものは

ディルの即位から二年。ミレイア王国は実りの秋を迎えていた。

ディルは国民の期待以上の政治手腕を発揮し、ミレイア王国は最盛期と呼んでもいいほどの栄華を誇っていた。

まず彼はやりたい放題だった一部の貴族や聖職者の力を抑制し、国王の主権を取り戻した。内政を安定させ、国民の労働や税を平等にすることに尽力した。他国との交易で得た利益は、医療や教育の発展のために費やした。

医療と教育の充実は人を育てる。よい人材が多く育てば、彼らがまた莫大な富をもたらしてくれる。これ以上に価値のある投資はないというのがディルの信念だった。

王妃となったプリシラは、これまでミレイア王国では日陰の存在となりがちだった女性の登用を推し進めていた。

というのも、朝から晩まで噂話を繰り広げる宮廷婦人たちにうんざりしていたからだ。彼女たちはみな、数ヶ国語を操ることのできる才女で、音楽や芸術の素養も素晴らしいのだ。

くだらない噂話で人生を浪費するのはもったいない、プリシラはそう考えた。ためしに、彼女らに外交官や宮廷音楽家の仕事を与えてみた。すると、本人たちがいきいきとし始めたのはもちろんのこと、外からの評判も非常によかった。

女性ならではの社交性や繊細さが活きる仕事はたくさんあるのだということに気がついたプリシラは、この試みを王宮内だけでなく一般の国民にも広めたいと考えた。

調剤師、料理人、ドレスの仕立屋。これまで男性ばかりだった職場に少しずつ女性の姿が見られるようになってきた。

順調に進めば、いつかは女性の大臣や王国軍参謀が誕生するかも……プリシラはそんな大きな夢を現実のものとするべく、日々、公務に励んでいた。


そんなこんなで、夫婦ともに多忙な日々を送ってはいたが、夫婦仲もいたって良好だった。いや、仲がよすぎて困る……くらいかもしれない。

「今日の議会で出た意見はどう思う？　重篤な患者を看護する専門の施設を造るというものよ」

「いいんじゃないか。もう使われていない王家所有の離宮をそのまま使えばいいさ」

「本当？　それは助かるわね。利益の出る事業ではないから、支出はなるべく抑えたいもの」

「なら、王立アカデミアの付属施設としたらどうだ？　彼らは研究のために様々な症例のデータが欲しいだろうし」

「いいわね。さっそく、学長に話を持ちかけてみるわ」

「あぁ」

「ところでね、ディル」

「なんだ？」

「……真面目な話をしているときにあまりベタベタ触らないで欲しいのだけど」

夕食後のほんのわずかな自由時間。この時間だけは夫婦水入らずで過ごすとふたりは決めているのだ。並んでソファに腰かけていたはずが、いつの間にかプリシラはディルの膝の上にのせられていた。

ディルはうしろから妻を抱きしめると、白い首筋に顔を埋めた。甘い香りに誘われて、そっと口づけをしてみたものの、すぐにとがめるような冷たい視線を向けられてしまう。

ディルが拗ねたように、ぷいっとそっぽを向く。その仕草がなんだか子犬のようでかわいらしく、プリシラは思わず笑ってしまった。

「ごめんね、嫌なわけじゃないのよ。でも大事な話の最中だし」

「この時間はプライベートっていう約束だったはずなんだけどな」

「うっ。たしかにそうだけど。でも、昼間はディルにゆっくり相談する時間なんて取れないし、夜は夜で……話をする時間なんて、くれないじゃない」

プリシラが恥ずかしそうに訴えると、ディルはにやりと笑って答える。

「別に。終わった後なら、仕事の話をするのも俺は全然かまわないよ。先に寝ちゃうのはプリシラのほうだろ」

「……疲れさせるのは、あなたじゃないの」

ふたりはしばし睨み合いを続け、そして同時にぷっと噴き出した。こういう他愛ないやり取りがとても楽しく、幸せだった。

「俺の貴重なプライベートを奪った罰だ。たまにはプリシラのほうから、キスして欲しいな」

そう言って、彼は長いまつげを伏せた。

ふたりきりのときのディルは、驚くほど甘えん坊だ。結婚当初のぶっきらぼうだった彼が懐かしいくらいだ。もちろん、過去の彼も今の彼も、どちらも愛おしいことに変わりはないけれど……。

プリシラは自身も目を閉じ、そっと唇を重ねた。甘く、やわらかな、ディルの味。

「許す」

唇を離すと、ディルは満足気に微笑んだ。

「私の大事な仕事の話を邪魔した罰はないのかしら？」

今度はプリシラが、いたずらっぽい瞳で問いかける。

「なんだ？　なにが欲しい？」

「そうね……お詫びの気持ちをたっぷりこめた、ディルからのキスが欲しいわ」

以前のプリシラなら決して言えなかったであろう台詞。今なら言える。

あの頃との違い、それは愛されている自信だ。

ディルはずっと昔から、変わらずにプリシラを大切に思ってくれていた。でも、プリシラはそれを知らなかったのだ。

けれど、今は知っている。ディルは自分を心から愛してくれていて、プリシラもまた同じくらい彼を思っている。

二年間の結婚生活は、ふたりの間の信頼をゆるぎないものにしてくれた。

「罰じゃなくて、ご褒美だな」

ディルは笑って、プリシラを抱き寄せた。そして、耳に、首筋に、頬に、まぶたに、数えきれないほどのキスを降らせる。

（あぁ。時間が止まってくれたらいいのに）

夕食後のこのひととき、プリシラはいつも同じことを願っていた。そのくらいディルとふたりきりの時間は甘美で、幸せで、満たされていた。

もちろん、この願いが叶うことはなく、いつだって時間はあっという間に過ぎ去ってしまうのだけれど……。


そんな幸せいっぱい、順風満帆のプリシラだったが、たったひとつだけ悩みがあった。それは……。

「ほんと？　アナに赤ちゃんができたの？　それはおめでたいわ！　お祝いになにか手作りのものを贈らないとね」

「ええ。段々とお腹も目立ってきてね。すっかり太っちゃったって嘆いていたわ」

久しぶりに王宮を訪ねてきた母、ロベルト公爵夫人からうれしい知らせを聞いた。いつかの縁談の彼とうまくいき、昨年結婚したアナが懐妊したというのだ。

「アナなら明るくて楽しいお母さんになるわ！　おめでとうと伝えておいて。……うらやましいわ。私もいつかは」

うれしい。

母という一番気を許せる相手だったために、思わず本音が漏れてしまった。

アナの懐妊はおめでたい。彼女とは姉妹のように育ったのだ。自分のことのようにうれしい。

でも、それだけじゃなかった。プリシラの心には、嫉妬にも似た複雑な感情が渦巻いた。ものすごくうらやましい。うらやましくて、たまらなかった。

なぜなら、結婚してもう二年以上もたつというのに、プリシラには一向に懐妊の気配が見られないからだ。

わずかだが、表情を曇らせてしまったプリシラを励ますように、ロベルト公爵夫人は明るい声を出した。

「プリシラはまだ若いんだから。そんなに心配することないわ」

「でも……もし私の体になにか問題があったらと思うと、怖くて」

たとえ子どもに恵まれなくても、ディルはきっと自分を責めたりしないだろう。それだけでなく、愛人を持つことすら拒むような気がする。跡継ぎは養子でかまわないと、そう言うだろう。

だからこそ、たまらなく心苦しい気持ちになるのだ。

国のため、王妃の務め。もちろん、それもある。けれど、なによりも、プリシラはディルに我が子を抱かせてあげたかった。だから、子どもが欲しいのだ。

今にも泣きだしそうになった娘の頭を、母はそっとなでてやった。

「大丈夫、大丈夫。そうそう、仲のよすぎる夫婦ほどなかなか子宝に恵まれないなんて話も聞くわ。赤ちゃんも邪魔しちゃ悪いって思うのかしらね。あなたたちは、それかもしれないわよ。赤ちゃんに遠慮されるほど、夫婦円満だなんて、幸せなことじゃないの」

それはきっと母親ならではの気遣いの言葉だったのだろう。思いつめても仕方ない。気楽に構えていろというメッセージだ。彼女もとうとう跡継ぎの男子を生むことは、叶わなかった。プリシラの悩む気持ちがわかるからこそのアドバイスだ。

けれど、プリシラはその生真面目な性格ゆえか、このアドバイスを真剣に受け止めてしまった。

（たしかにそうかもしれない。赤ちゃんが欲しいって言いながらも、私はディルとふたりだけの生活に満足してしまっているもの……仲がよすぎても、赤ちゃんはきてくれない。本当かもしれないわ）

「うん？　夕食後に書斎に？　なんでだ？」

「アナの懐妊のお祝いにね、赤ちゃんの靴下を縫いたいのよ」

「それはかまわないが……別に俺たちの寝室ですればいいじゃないか」

食事を終え、給仕の者が紅茶のポットをテーブルに置いたタイミングで、プリシラはそう切り出した。

夕食後は夫婦の寝室でふたりで過ごす。ディルの即位後からずっと続いていた習慣を破るのはこれが初めてのことで、彼は怪訝な顔をしてみせた。

「ほら、縫いものって神経を使うじゃない。私、もともと器用なほうではないから。その、集中したいというか」

プリシラの視線が宙を泳ぐ。ディルはそれを見逃さない。

「嘘だな。お前がそういう顔をするのは嘘をついているときだ」

「うっ。そんなことは……」

「まぁ、言いたくないならかまわないよ。今日は好きにしたらいい」

ディルはそう言ってくれたが、その表情は寂しげだった。

罪悪感で胸がチクチクと痛む。それに、本当はプリシラだって寂しい。夕食後のひとときは、プリシラにとっても一日で一番楽しい時間なのだから。

(だけど、赤ちゃんが……赤ちゃんのためだから。ごめんね、ディル)

プリシラの心は自分でも気づかないうちに、ずいぶんと追いつめられていた。

『その、今日はちょっと体調が悪くて……』

『明日の議会までにどうしても用意したい資料があるの』

『ディル。なんだか顔色が悪いわ。今日は早く休んで！』

それからというもの、プリシラはなにかと理由をつけてはディルとふたりきりになるのを拒み続けた。

冷静に考えれば笑い話にもならないが、プリシラはディルと距離を置くことが妊娠につながると信じ込んでしまっていた。

書斎でひとり、書類の整理などの雑務を片づけていると、控えめなノックの音とともにリズが顔を覗かせた。

「プリシラ様。異国の旅芸人から珍しいお茶をいただいたので、お持ちしました」

「まぁ、ありがとう。ちょうど少し休憩しようと思っていたの。よかったら、リズも一緒にどう？」

「うれしいです。すぐにご用意しますね」

以前はあくまでも侍女としての態度を崩さなかったリズだが、最近ではすっかりプリシラに心を許してくれるようになった。信頼できる友人がいつもそばにいてくれるようなものだ。この関係の変化を、プリシラはとてもうれしく思っていた。

「わぁ。いい香りね。それに甘さの中にちょっとスパイスが効いていて、癖になる味だわ」

「はるか遠く、南方の国のものらしいですよ。そちらの国では、このスパイスを食事にもふんだんに使うそうです」

「へぇ。一度、食べてみたいわね。なんとかして、交易路を確保できないかしら」

プリシラは頭の中に、海路図を広げた。休憩と言いながらも、すぐに仕事のことを考えてしまうのは、悪い癖だった。

リズはプリシラの様子をうかがい、彼女の思考がひと区切りするまで待ってから、遠慮がちに話を切り出した。

「あの、プリシラ様。実は……」

「なぁに？　なにかあったの？」

「王宮の侍女や下働きの者たちから嘆願がありまして」

「なにか困っているの？　私にできることなら、すぐに対処するわ」

「ここ半月ほど、陛下がものすごく不機嫌だと……。あっ、もちろん使用人に当たり散らすようなことはないのですが。ただ、陛下が沈んだ顔をしていらっしゃると、王宮も暗い雰囲気になってしまうので」

ディルの不機嫌……。その原因は間違いなく自分にある。理由も話さず避け続けているから、さすがに怒っているのだろう。プリシラはリズにはすべてを打ち明けていたので、彼女は事情を知っている。

「ごめんなさい。みんなに迷惑をかけて、王妃失格だわ」

子どもが欲しいというのはプリシラの個人的な願望だ。そのために王宮で働くみんなに迷惑をかけていいはずがない。

「あの、余計な口出しかもしれませんが……ご懐妊を望まれているのであれば、陛下を避けるのは逆効果かと思うのですが。お母様のお話は、その……俗説と言いますか、本当に効果があるかどうかは」

リズの言うことは正しい。ディルと距離を置くことを、ちょっとしたまじない程度に考えるならともかく、本気で避け続けていたら絶対に妊娠などしないだろう。

プリシラだってもう子どもではない。本当はわかっているのだ。

「……うん。こんなことしても、意味ないってわかっているの。けど、なにかにすがりたくなってしまって。弱いわね」

怪しげな占い師などに貢いでしまう者の気持ちが、今ならよくわかる。努力ではどうにもならない事態に直面すると、現実を見たくなくなってしまうのだ。これまで、なんでも努力で成し遂げてきたプリシラはその傾向がとくに強いのかもしれない。

リズはそんなプリシラを気遣うように、優しい言葉をかけてくれる。

「弱くなんかないです。プリシラ様はとても強くて、私はそんなところをとても尊敬しています。でも、時には甘えたっていいと思うんです。プリシラ様には受け止めてくれる方がいるんですから！」

リズの言葉が胸に響いた。彼女の言う通りだ。

ディルはきっと、プリシラの弱いところも、ダメなところも、受け止めてくれる。アナの妊娠に嫉妬してしまう醜い心、くだらない迷信にすがってしまう弱さ、すべてをさらけ出しても彼なら優しく抱きしめてくれるだろう。

「ありがとう、リズ。私、ディルに謝ってくるわ」

プリシラは書斎を飛び出すと、ディルを捜して走り回った。この時間は寝室で休憩を取っているはずだが、いなかった。書庫にも応接間にも、ディルの姿はない。

なにかを探しているときほど、見つからないのはなぜだろう。

広すぎる王宮が憎らしい。もどかしい気持ちを抱えながら、中庭に出たところでターナの姿を見つけた。プリシラは大きな声で彼に呼びかける。

「ターナ！　ごめんね、ディルを知らないかしら？　私、ずっと捜してて」

「陛下なら、ずっとプリシラ様を捜して歩き回ってますよ」

「ええ？　じゃあ、すれ違っちゃったのね」

「早く見つけて、さっさと仲直りしてくださいね。一番、被害をこうむっているのは僕なんですから」

　ターナは苦笑しつつ、プリシラを見送った。彼の苦難の日々も、ようやく終わりが見えてきたようだ。


　プリシラは中庭を走り抜けて、もう一度寝室に戻ってきた。すると、反対側から同じように走ってくる人影があった。見間違うはずなどない。

「ディル！」

「プリシラ！」

　ディルはまっすぐにプリシラのもとに駆けてくると、プリシラの体を抱きかかえた。寝室の扉を開け、無言のまま中に入る。ばたんと乱暴な音をたてて、扉が閉まった。

「ディル。ごめんなさい……私」

　プリシラの言葉を遮って、強引に唇を奪う。息もできないほどの、熱く、激しい口づけを交わす。何度も、何度も、ディルは飽きることなく求め続けた。

「もう何日もお前に触れていなかった。……気が狂いそうだ。国王を狂人にしたくなければ、もういい加減なんとかしてくれ」

「あっ……待って」

「嫌だ。というより、無理だな」

ディルは苦笑すると、プリシラを抱えたままベッドに近づく。宝物を扱うかのように優しくプリシラを横たえると、ゆっくりとその上に覆いかぶさった。

「どうしても嫌なら抵抗しろ。もしお前に泣かれでもしたら、俺はなにもできない」

ディルの長い指がプリシラの頬をなでる。もう一方の手はドレスの裾をとらえ、たくし上げた。ディルの唇が首筋から鎖骨へ、そして胸もとへと下りていく。

プリシラは自身の体が熱く、呼吸がどんどん早くなっていくのを感じていた。こらえきれず、甘い吐息が漏れる。

抵抗なんてできるはずがない。ディルと何日も触れ合っていなくて、寂しかったのはプリシラも同じなのだ。

まるで楽器でも奏でるかのように、ディルはプリシラを甘く鳴かせる。もうプリシラ自身ではコントロールなど不可能で、彼のなすがままだった。

「この声をいつまでも聞いていたいし、この肌にずっと触れていたい。頼むから、もう二度と俺を拒むな」

プリシラはもう言葉を発する余裕などなくて、ただただ、うなずくばかりだった。


「で、いったいなにをそんなに悩んでいたんだ？　そして、なんで俺を避けた？」

ディルはむき出しになったプリシラの肩に、薄い夜着をかけてやりながら、そう切り出した。

プリシラは「ごめんなさい」と頭を下げると、なにもかも正直に打ち明けた。

「子ども？　そんなことで悩んでいたのか？」

「そんなことじゃないわ！　大事なことよ」

「まぁ、そりゃそうだが……。俺はまだしばらくは、あと数年はふたりきりでいたいと思っていたんだが」

「いつかできるなら、いいのだけど。もし私が子どものできない体だったらって思うと……」

「お前に問題があるとは限らないじゃないか。原因は俺かもしれないし、それに子ができなければ、王家の血を引く養子をもらえばいい。ほら、マリー妃のところに、先月、双子の男児が生まれただろ」

ディルは案の定、あっけらかんとそう言った。

「でも、私はディルに我が子を抱いて欲しいのよ。もしね、私がどうしてもダメだったら愛人を持つことも考えて欲しいの。その相手の女性が正妃になりたいと言うなら、私は退いてもかまわないから」

「プリシラッ。少し落ち着け」

ディルはプリシラを優しく抱きしめると、そっと頭をなでた。

「もし逆の立場なら、たとえばお前が女王で俺がただの配偶者だったとしたらだ。お前は国のためにほかの男の子を生むか？　それを望むか？」

「……絶対に嫌だわ。たとえ女王の義務と言われても、それだけは」

「なら、俺も同じだ。ほかの女に子を生んで欲しいとは思わない。わかるか？」

「……わかるわ。ごめんなさい、ディル。ありがとう……」

たまらず泣きだしてしまったプリシラの背中を、ディルは優しくさすった。その手がとても温かくて、プリシラの瞳からは次々と涙があふれ出した。

ディルはプリシラの顔を上げさせると、頬をつたう涙を舌でぺろりと舐めとった。

「なにか悩んでいることがあるときは必ず相談しろ。……俺はお前に甘えられるのが、結構好きなんだ」

「うん。今度からは、必ず話をするわ」

「それから、二度と俺を拒むな。……ものすごく、へこむから」

そうぼやいたディルの顔が、本当にしゅんとしていたので、プリシラはくすりと笑ってしまった。

「うん、約束するわ」

「だいたいな、子が欲しいなら距離を置くより現実的な方法があるじゃないか。それなら、俺は努力を惜しまないのに」

「えっ……でも、今でも十分に……」

「早く子が欲しいんだろ？　なら、もっとがんばってみようか」

にっこりと笑ったディルの瞳の奥が、妖しく光った。

（あら？　これはこれで、まずいことになったかも……）


それからというもの、プリシラは慢性的な寝不足に悩まされることになった。だが、ふたりの努力が実ったのか、この騒動から約一年半後、ミレイア王国が最も美しいミモザの季節に、プリシラは待望の世継ぎの男児を出産した。

出産後しばらくはプリシラが赤子にかかりきりになったおかげで、ターナにもう一度苦難の日々が訪れたのだが……プリシラは知る由もなかった。

fin

生きていく理由

――あなたは今、幸せですか？

そうたずねられたとして、迷いなくイエスと答えられる人間は、この国にどのくらい、いるだろうか。

丸々と太って、いつも元気な女官長エレナはイエスだろうか。けれど、彼女は二年前に流行病でひとり息子を亡くしたはずだ。

才能を認められ、それで食べていくことのできる宮廷画家イアンはどうだろうか。でも、彼は好きなものを自由に描くことはできない。けばけばしいほどに派手な後妻の王妃を、実物とは大違いの上品な女に仕上げなければならない。

王都のはずれの安っぽい娼館で働く若い女は？　そのすぐ近くの川べりに仮の住まいをつくり、死を待つだけの老女よりはいくらか幸せだろうか。

自分はどうだろう。幸せだと、言いきれるだろうか。

歴史ある大国、ミレイア王国の世継ぎとして生まれた。衣食住には死ぬまで、いや死後ですら、困ることはないだろう。

誰もが美しいとたたえる美貌、優秀な頭脳、健康な体、馬術や剣技もすぐに人並み以上にこなすことができた。おまけに、婚約者の幼なじみは国一番の美少女だ。

ほんの時折、食事に毒が混ぜられていたり、馬車に細工をされたりといった些細な不幸はあったが……おそらく自分は幸せなのだろう。いや、幸せだと笑顔で答えなければいけないのだ——。

これは、二十歳を迎えたばかりのミレイア王国王太子フレッドが、自身の出生にまつわる重大な秘密を知ってしまった直後のお話である。

＊　＊　＊

王太子フレッドには七名の側近がいる。文武に秀で、家柄も品性も申し分のない選りすぐりの若者たちだ。

別に定員が決まっているわけではないのだが、病気や実家の没落などで側近の地位を離れる者が出ると、別の新しい若者が推挙される仕組みになっていた。

表向きは、王太子が自ら選ぶ精鋭たちということになっていたが、実際は有力貴族たちのお膳立てで決まり、フレッドは人選に口出ししたことはなかった。はっきりと言ってしまえば、家柄以外はいたって平凡な者もいた。

彼らは護衛から公務の手伝いまで、多忙なフレッドの手足となって働いてはくれるのだが……頼もしい存在である反面、フレッドの悩みの種でもあった。

次期国王であるフレッドに気に入られようと、彼らはなにかと競い合い、互いの足を引っぱろうとするからだ。そのたびに仲裁に入ることに、フレッドはすっかり疲れてしまっていた。

ただ、側近のなかにもひとりだけ、毛色の違う者がいた。一番年若く、一年ほど前に側近になったばかりの少年だ。

「君はシモンズ子爵家の四男だったっけ？　あれ、五男だったかな。シモンズ家は子沢山だよねぇ」

書斎で仕事中のフレッドに書類を届けにきた彼――ジャンを呼び止め、話しかけた。

ジャンはよく日に焼けた浅黒い肌に、切れ長の涼しげな目もとをしている。長い黒髪はいつもうしろでひとつに束ねていた。

まだまだ少年っぽさが抜けきらないが、あと数年もすれば、さぞかし女性にもてるようになるだろう。

「私は六男です。父には妾腹（しょうふく）も含めると、十二人の子どもがいます」

「へぇ。賑やかでいいね」

「そうですね。……ほかにも、なにか？」

ジャンにはフレッドとの会話を楽しもうという気持ちは、いっさいないらしい。

フレッドはふっと微笑んだ。彼のこういうところを気に入っているのだ。

「ジャンは優秀なのに、あまり出世欲がないんだな。それとも僕が嫌いなの？」

「いいえ。フレッド殿下にお仕えできることを、光栄に思っていますよ」

大根役者でももう少しマシだろうと思うくらい、ひどい棒読みだった。

「ははっ。たまには君のうろたえるところを見てみたいなぁ」

弟、ディルの側近であるターナもクールで無愛想な男だが、彼はフレッドから見れば案外、感情が読みやすい。そんなところは主のディルによく似ている。

それに比べても、このジャンは、本当になにを考えているのかよくわからない。

「それになんの意味があるのか、私にはわかりかねますが……」

「なにを言ったら、動揺してくれるかなぁ。そうだなぁ、たとえば……」

ジャンがあきれた顔でフレッドを見ているが、フレッドは気にせず話を続ける。

「シモンズ子爵の六男のジャンは、今頃どこでなにをしているのかな？」

フレッドはにこりと笑って、言った。

「……おっしゃっていることの意味がわかりません」

「あっ。今、かすかに眉が動いたね！　ふふ、少し動揺したかな。じゃあ、もうひとつ。君は本当は女の子だ」

ほんの一瞬、ジャンの金色がかった瞳が大きく見開かれた。そのわずかな反応だけで、フレッドは自分の予想が正しかったことを確信する。

「正解、だろ？」

相変わらずの無表情のまま、ジャンは答えた。

「いつから気がついていたのですか？」

「うーん、シモンズ家とザワン家の仲はあまりよろしくない。にもかかわらず、突然息子を側近にというのが、まず変だなと思った」

フレッドの周りには人が集まる。その中には、よからぬことを企んでいる人間も少なくない。シモンズ家のジャンがスパイであることに、特別な驚きはなかった。

「ただ、女の子だというのは少し驚いたな。でも作戦としてはとてもいいね。女性の格好に戻ってしまえば、君がどこでなにをしようと、ジャンが疑われることはないもんね」

「なぜ女だと気がついたのですか？　隙は見せないようにしていたつもりなのに……」

ジャンは悔しそうに顔をゆがめた。彼——いや彼女が、はっきりとした感情を見せたのは初めてかもしれない。

「実は女の子の格好をした君をシアンの町で見かけたことがある。綺麗な子だな〜と思って、見とれていて……しばらくして、君にそっくりなことに気がついた。最初は兄妹かなとも思ったんだけど」

「確信した時点で、なぜ私をとらえなかったのです？　自身の身に危険が及ぶかもしれないのに」

ジャンは怪訝そうに首をかしげた。素のままの彼女は、意外と表情豊かなようだ。

「そうだよねぇ。側近のなかで君が一番のお気に入りだからかな」

「酔狂な」

「で、君の任務は？　僕の暗殺？」

「現時点では、そこまでの指令は受けていません。フレッド殿下の弱みを探ること、それから側近たちの情報も流すよう言われています」

「君の主はシモンズ子爵だよね。子爵の実子ではなさそうだし、どういう関係？」

「ただ金で雇われただけです。もっとも金をもらうのは私ではなく、私を拾ってくれた組織ですけど」

「あぁ、聞いたことあるな。孤児や貧しい家の子どもを集めて、いろいろとよからぬ仕事を請け負う集団があるって」

「シアンや貴族の方々が屋敷を構えるような町には少ないですが、辺境地に行けば、私たちのような者、海賊まがい、強盗集団、そんなのがうようよしていますよ」

「う〜ん、ミレイアは比較的裕福な国だと思っていたけど、まだまだ問題は多いんだなぁ」

　フレッドは苦笑した。きらびやかな王都にばかりこもっていると、見えない部分が、やはりたくさんあるようだ。

「私はまぁまぁ容姿が整っていたので、シモンズ子爵が高値で買ってくれました。本物のジャンは病死したそうで、私は顔も知りません」

「じゃあさ、君の本当の名前はなんて言うの？　女の子としての名前」

「ありません。組織では番号で呼び合うルールだったので。それに、男とか女とかも、あそこではあまり意識しないので」

　彼女は淡々と答えた。番号で呼び合うとは、ずいぶんとドライな関係だとフレッドは思うが、そこで育った彼女にとっては、それが普通で寂しいなどとは思いもしないのだろう。

「もったいないな。せっかく美人なんだから、なにか綺麗な名前を……そうだ！　レイはどうかな？　僕の尊敬するハインリヒ王の奥方の名前だ。中性的な名で、君にぴったりだよ。これから名を聞かれたら、そう答えるといい」

ジャン改めレイは、静かに首を横に振った。

「結構です。――これから、なんてありませんから」

言いながらレイは自身のベルトについている小さな装飾をはずし、フレッドに差し出した。

「裏に細い針がついているでしょう？　尖端に強毒が塗ってあります」

「これで僕に君を殺せと？」

「はい。腰にさした短剣をお使いいただいてもかまわないですが、お部屋が汚れてしまいますので」

フレッドはレイの金色に輝く瞳を、じっと見つめた。焦りや恐怖の色はない。ただ穏やかに、フレッドを見返していた。

「いさぎよいな。未練はないの？」

「こうなった以上、もう組織には戻れませんから。そもそも、帰りたいと思うほど楽しい場所でもなかったですしね。あぁ、でも、この仕事は意外と楽しかったです。ほかの側近のみなさんのいがみ合いがおもしろくて」

レイはさっぱりとした顔で、少し笑った。

フレッドはふと思いついたことを、口にしてみることにした。

「どうせ死ぬ気ならさ、僕も連れてってくれない？」

レイの表情が固まる。それから、彼女は深いため息をついた。

「あなたの思考回路は、本当に理解しかねます。こんなにも恵まれた境遇で、人生になんの不満があるのでしょうか。それとも私に同情でもしているのですか？」

顔には出さないが、その声色から、彼女が怒っていることは察せられた。

「恵まれているように見えても、僕にもいろいろあるんだよ。……この場所が息苦しくて、逃げ出したくなるときもある。僕は君の大変な境遇を理解することはできないけど、それは君も同じだ」

自身を正統な世継ぎだと信じてこれまで歩んできたのに、そうではなかった。それどころか、真の正統な王子である弟を貶めてまで、王太子の座に居座っていたのだ。

世界はとてつもなく広いとはいえ、この複雑な心境を理解してくれる者は、そうはいないだろう。

おそらく、誰かに弱音を吐いたのなんて、初めてのことだった。だが、その甘えは彼女には通用しないようだ。刺すように冷たい視線が、フレッドを貫く。

「では、私を巻き込まず、ひとりで勝手に逃げ出してください」

「ははは。ものすごく怒っているね。君でも、そんなに感情をあらわにすることがあるんだ」

「怒りというより失望です。あなたは為政者に必要なすべてを兼ね備えている。よき王になられると信じていたのに……。もし、あなたを殺せと命じられたら、その針で自分の命を絶とうと決めていました。けど、大間違いでしたね。私は人を見る目がないみたいです」

レイは震える声で言うと、フレッドを思いきり睨みつけた。が、その瞳からは今にも涙があふれ出そうだった。

「あなたが国王になってくれたら、私のような孤児たちも、もう少しまともな生き方を選べる時代がくるんじゃないかと、そう思っていたのに……。なにかをなす力のある人が、簡単にそれをあきらめないでください！」

「買いかぶりすぎだよ。僕はそんなに大層な人間じゃ……」

「いいえ！　フレッド殿下は特別な人です。別に王にならなくったって、あなたならなんでもできるのに。きっと多くの人に感謝される人生を送ります。死を選ぶなんて、私は絶対に許せません！」

「あははっ。じゃあさ、僕ががんばって生きている間は君も生きていてくれる？　君の命がかかっていると思えば、少しはがんばれるかも」

「……やっぱり、思考回路が理解できません」

「まぁ、いいじゃない。もしいつか、君がまともな生き方を選べる日がきたらさ、そのときはレイと名乗ってよ。ね、約束だ」

フレッドは小指を立て、彼女の目の前に差し出した。レイは長いこと躊躇してから、ようやくおずおずと指を絡めた。

「もしかしたら、その頃には僕も自由の身になっているかもしれないなぁ。どこか遠い国で、君と偶然、再会するかもね」

「そんなことになったら、あのかわいらしい婚約者が泣きますよ」

「プリシラ？　平気だよ、彼女にはナイトが、ディルがついているから。それに、あの子はああ見えて、強いからね。僕やディルより国王に向いているかもしれないな」

「――彼女を愛してはいないのですか？」

フレッド自身ですら、考えないようにしてきたその問いを、レイはあっさりと投げかけてきた。

「うーん。難しいね。心から愛してはいるけど、女性としてなのか妹としてなのか、自分でもよくわからないんだ」

嘘はついていない。プリシラのことは大切で、愛している。そして同じような気持ちで、ディルや目の前にいるレイのことも、愛おしいと思っている。

おそらく、自分は恋愛というものに、ひどく疎いのだろう。

こんな自分でも、生きていれば、いつか愛を知る日がくるのだろうか。

あるいは、プリシラの愛する男がディルではなく自分だったなら……なにか変わっていただろうか。

そう考えてしまうのは、彼女への未練なのだろうか。

「なるほど。完全無欠の王太子殿下の弱みは、恋を知らないこと。シモンズ子爵にはそう報告しておきます」

「僕の重大な秘密だからね。子爵はきっと大喜びだろう」

フレッドが言うと、レイはやわらかな笑みを浮かべた。やはり彼女は美しい。

固い蕾(つぼみ)が花開く、その瞬間に立ち会えたようで、フレッドはなんだか得した気分になった。

その翌日、王太子側近ジャンは王宮から忽然と姿を消した。彼の行方は誰も知らなかった。

そして、フレッドはもうしばらくの間、王太子として生きることを決めたのだった。

＊＊＊

あの日。ナイードが振りかざした刃は、フレッドの左目から光を奪ったが、命までも奪うことはなかった。

だが、あのとき、ミレイア王国王太子フレッドは死んだのだ。

名前も地位も財産も捨てたひとりの男は、いくつもの海を越え、はるか遠い異国にたどり着いた。そして、この国のスーナという小さな町で、教師の職を得た。

今、彼は子どもたちに言葉や数学や芸術を教え、空いた時間は自分の好きな研究に没頭している。

彼女が期待したような偉大な人間にはなれないかもしれないが、子どもたちに「ありがとう」と言われる毎日は幸福で、十分に満ち足りていた。

「先生～！　頼まれたお手紙、出してきたよ」

教え子のひとりである少女が、窓からひょっこりと顔を覗かせた。赤茶色の巻き毛をポニーテールにした、元気いっぱいの女の子だ。本人にはコンプレックスのようだが、鼻の頭のそばかすも、彼女らしくてかわいらしい。

「あぁ、ありがとう。無事に届くといいのだけれど」

「誰に出したの？　外国宛てなんでしょ？」

「弟夫婦に子どもが生まれたらしいと風の便りで聞いたものだからね。お祝いのメッセージさ」

「ジャン先生、弟がいたの？　弟さんは結婚しているのに、先生は独身でいいの？　みんなとっても心配しているわよ」

女の子という生き物は、どうしてこうませているのだろうか。まるで母親のような物言いに、男は苦笑するしかなかった。

「う～ん。こればっかりはねぇ」

「先生はかっこいいのに、もったいないわ！　好きな人はいないの？」

どこの国でも、恋の話は女の子の大好物。好奇心いっぱいのキラキラした眼差しを向けられて、たじろぐばかりだ。

「そうだな。もう一度会いたいと思う女性はいるんだけど」

「なーんだ、残念！　本命の人がいるのね。誰もいないなら、私が立候補しようと思っていたのに」

少女はぺろりと舌を出して、明るく笑った。

フレッド改めジャンは、少女の背中に手を振りながら考えていた。

レイは元気でやっているだろうか。

彼女がジャンの名を捨て、今はレイとして生きている。そう信じていたいから、あえて自分がジャンと名乗ることにしたのだ。

いつか再会できる日はくるだろうか。その日は明日かもしれない。そう考えるだけで、明日が少し楽しみになる。

こうやって生きていくのも、悪くはない。

愛する故国はディルとプリシラがきっと素晴らしい国にしてくれるはずだから、なにも心配はなかった。

ジャンは窓から降り注ぐ日ざしを浴びながら、大きく伸びをした。


それから数十年。スーナの町のジャン先生といえば、国内のみならず国外でもその名を広く知られる有名人となった。

物理学の新しい法則をいくつも発見し、新時代の象徴となる、画期的な航海技術を確立させたのも彼だった。

また、彼の活躍をそばで支え続けた奥方の存在も、よく知られている。彼はたいへんな愛妻家だったそうだ。

fin

あとがき

こんにちは。一ノ瀬千景です。この度は、『次期国王は初恋妻に溺れ死ぬなら本望である』をお手に取っていただき、ありがとうございます。

私にとって二作目となるベリーズ文庫を、こうして無事にみなさまにお届けできたことを、とてもうれしく思っています。

この作品は、「ツンデレなヒーローを書いてみたい」という思いから生まれました。私自身がツン要素強めな男性が好みのため、ヒーローのディルはなかなかデレになりません。ひねくれまくっています。

ヒロインのプリシラは、生真面目すぎて恋愛音痴。ふたりとも、好きなタイプのキャラクターなので書いていて、とても楽しかったです。そんなふたりの、焦れったくも甘い関係を楽しんでいただけたら、幸いです！

なにより、初期構想の段階では亡くなってしまうはずだったフレッドが、予想外に幸せになってくれて、本当によかったです。登場シーンは少ないですが、彼も好きなキャラクターでした。

最後になりますが、いつも的確なアドバイスをくださる担当様はじめ、本書の刊行に関わってくださったすべての方にお礼を申し上げたいと思います。

琴ふづき先生、美しすぎる表紙イラストを描いていただき、ありがとうございました。たびたび眺めては、にやにやしていました。

そして、本書を読んでくださったみなさまに。本当に本当に、ありがとうございました。またみなさまにお会いできるように、これからも精いっぱい頑張っていきたいと思っております。

一ノ瀬千景(いちのせちかげ)

一ノ瀬千景先生への
ファンレターのあて先

〒104-0031
東京都中央区京橋1-3-1
八重洲口大栄ビル7F
スターツ出版株式会社　書籍編集部　気付

一ノ瀬千景先生

本書へのご意見をお聞かせください

お買い上げいただき、ありがとうございます。
今後の編集の参考にさせていただきますので、
アンケートにお答えいただければ幸いです。

下記URLまたはQRコードから
アンケートページへお入りください。
http://www.berrys-cafe.jp/static/etc/bb

次期国王は初恋妻に溺れ死ぬなら本望である

2018年10月10日　初版第1刷発行

著　者　一ノ瀬千景
©Chikage Ichinose 2018

発行人　松島 滋

デザイン　カバー　北國ヤヨイ（ムシカゴグラフィクス）
フォーマット　hive & co.,ltd.

校　正　株式会社　文字工房燦光

編集協力　佐々木かづ

編　集　鶴嶋里紗

発行所　スターツ出版株式会社
〒104-0031
東京都中央区京橋1-3-1　八重洲口大栄ビル7F
TEL　販売部　03-6202-0386（ご注文等に関するお問い合わせ）
URL　http://starts-pub.jp/

印刷所　大日本印刷株式会社

Printed in Japan

乱丁・落丁などの不良品はお取替えいたします。
上記販売部までお問い合わせください。
定価はカバーに記載されています。

ISBN 978-4-8137-0547-5　C0193

ベリーズ文庫 2018年10月発売

『極甘同居～クールな御曹司に独占されました～』 白石さよ・著

メーカー勤務の柚希はある日、通勤中のケガを助けてくれた御曹司の高梨の高級マンションで介抱されることに。彼は政略結婚相手を遠ざけたい意図から「期間限定で同棲してほしい」と言い、柚希を家に帰そうとしない。その後、なぜか優しくされ、「我慢してたが、お前がずっと欲しかった」と甘く迫られて…!?

ISBN 978-4-8137-0542-0／定価：本体640円＋税

『うぶ婚～一途な副社長からの溺愛がとまりません～』 田崎くるみ・著

OLの日葵は勤務先のイケメン副社長、廉二郎から突然告白される。恋愛経験ゼロの彼女は戸惑いつつも、強引に押し切られてお試しで付き合うことに。クールで皆から恐れられている廉二郎の素顔は、超"溺甘彼氏"!? 優しく抱擁してきたり「今夜は帰したくない」と熱い眼差しを向けてきたりする彼に、日葵はドキドキさせられっぱなしで…?

ISBN 978-4-8137-0543-7／定価：本体650円＋税

『契約妻ですが、とろとろに愛されてます』 若菜モモ・著

OLの柚葉は、親会社の若きエリート副社長・琉聖に、自分と偽装婚約をするよう突然言い渡される。一度は断るも、ある事情から、その契約を条件つきで受けることに。偽りのはずが最高級の婚約指輪を用意され、「何も心配せず甘えてくれ」と、甘い言葉を囁かれっぱなしの超過保護な生活が始まって…!?

ISBN 978-4-8137-0544-4／定価：本体650円＋税

『御曹司と婚前同居、はじめます』 花木きな・著

平凡女子の美和は、ある日親の差し金で、住み込みで怪我をしたイケメン御曹司・瑛真の世話をすることに。しかも瑛真は許婚で、結婚を前提とした婚前同居だというのだ。最初は戸惑うが、イジワルに迫ったかと思えば執拗に可愛がる瑛真に、美和はタジタジ。日を増すごとにその溺愛は加速するばかりで…!?

ISBN 978-4-8137-0545-1／定価：本体630円＋税

『仮初めマリッジ～イジワル社長が逃してくれません～』 雪永千冬・著

モデルを目指す結衣は、高級ホテルのブライダルモデルに抜擢！　チャンスをものにしようと意気込むも、ホテル御曹司の常盤に色気がないとダメ出しされる。「恋の表現力を身に着けるため」と強引に期間限定の恋人にされ、同居することに!?　24時間体制の甘いレッスンに翻弄される日々が始まって…。

ISBN 978-4-8137-0546-8／定価：本体640円＋税

タイトル、価格等は変更になることがございますのでご了承ください。

ベリーズ文庫 2018年10月発売

『華雪封神伝～純潔公主は、堅物武官の初恋を知る～』　灯乃・著

62人の側室を持つ好色皇帝の嫡子である公主・華雪は、唯一の同腹である弟を溺愛し、のんびりと暮らす日々。ところがある日、何者かの仕業で結界が破られ、なんと皇帝は神の呪いによって美幼女になってしまう!?　呪いを解くため、華雪は将軍の一人息子・陵威と波乱万丈な旅をすることになって…!?

ISBN 978-4-8137-0549-9／定価：本体620円＋税

『次期国王は初恋妻に溺れ死ぬなら本望である』　一ノ瀬千景・著

公爵令嬢のプリシラは、王太子の許嫁として花嫁教育を受けてきた。ところが、結婚パーティー当日、なんと彼が失踪してしまい、急遽代わりに第二王子であるディルが、プリシラの結婚相手に。「お前には何も望まない」と冷たく突き放されるプリシラだったが、言葉とは裏腹な彼の優しさに惹かれていき…。

ISBN 978-4-8137-0547-5／定価：本体640円＋税

『明治蜜恋ロマン～御曹司は初心な新妻を溺愛する～』　佐倉伊織・著

時は明治。没落華族の令嬢であるあやは、日本経済をけん引する紡績会社の御曹司・行基と政略結婚することになる。愛のない新婚生活…そう思っていたのに、行基はあやを宝物のように大切にし、甘やかしてくる。「待てない。あやが欲しい」――初めて知る快楽に、ウブなあやは心も体も溺れていき…!?

ISBN 978-4-8137-0548-2／定価：本体650円＋税

タイトル、価格等は変更になることがございますのでご了承ください。

ベリーズ文庫 2018年11月発売予定

Now Printing

『両手で愛して』 西（にし）ナナヲ・著

早織は未婚のシングルマザー。二歳になる娘とふたりで慎ましく暮らしていたけれど…。「俺と結婚して」――。かつての恋人、了が三年ぶりに姿を現してプロポーズ！ 大企業の御曹司である彼は、ずっと早織を想い続けていたのだ。一度は突っぱねる早織だったが、次第にとろとろに愛される喜びを知って…!?

ISBN 978-4-8137-0561-1／予価600円+税

Now Printing

『最初で最後の恋をしましょう、旦那様。』 葉月（はづき）りゅう・著

恋愛未経験の初音は経営難の家業を救うため、五つ星ホテルの若き総支配人・朝羽との縁談を受けることに。同棲が始まると、彼はクールだけど、ウブな初音のペースに合わせて優しく手を繋いだり、そっと添い寝をしたり。でもあるとき「あなたを求めたくなった。遠慮はしない」と色気全開で迫ってきて…!?

ISBN 978-4-8137-0564-2／予価600円+税

Now Printing

『エリート外科医に溺愛&独占されちゃいました』 花音莉亜（かのんりあ）・著

事故で怪我をし入院した久美。大病院の御曹司であるイケメン外科医・堂浦が主治医となり、彼の優しさに心惹かれていく。だけど彼は住む世界が違う人…そう言い聞かせていたのに、退院後、「俺には君が必要なんだ」とまさかの求愛！ 身分差に悩みながらも、彼からの独占愛に抑えていた恋心が溢れ出し…!?

ISBN 978-4-8137-0563-5／予価600円+税

Now Printing

『御曹司様の愛されペット!?』 きたみまゆ・著

大手食品会社の専務・誠人の秘書である詩乃は無愛想で、感情を人に伝えるのが苦手。ある日、飼い猫のハチが亡くなり憔悴しきっていると、彼女を見かねた誠人が自分の家に泊まらせる。すると翌日、詩乃に猫耳と尻尾が!? 「ちょうどペットがほしかったんだよね」――専務に猫かわいがりされる日々が始まって…。

ISBN 978-4-8137-0562-8／予価600円+税

Now Printing

『独占欲強めな社長と政略結婚したら、トキメキ多めで困ってます』 藍川（あいかわ）せりか・著

兄が経営するドレスサロンで働く沙織に、大手ブライダル会社の社長・智也から政略結婚の申し出が。業績を立て直すため結婚を決意し、彼の顔も知らずに新居に行くと…モデルさながらのイケメンが！ 彼は「新妻らしく毎日俺にキスするように」と条件を出してきて、朝から晩までキス&ハグの嵐で…!?

ISBN 978-4-8137-0565-9／予価600円+税

タイトル、価格等は変更になることがございますのでご了承ください。

ベリーズ文庫 2018年11月発売予定

『しあわせ食堂の異世界ご飯2』 ぷにちゃん・著

Now Printing

料理が得意な平凡女子が、突然王女・アリアに転生!? ひょんなことからお料理スキルを生かし、崖っぷちの『しあわせ食堂』のシェフとして働くことに。アリアの作る絶品料理は冷酷な皇帝・リントの胃袋を掴み、彼の花嫁候補に!? 幸せいっぱいのアリアだったが、強国の王女からお茶会の誘いが届いて…!?

ISBN 978-4-8137-0568-0／予価600円+税

『皇帝陛下の花嫁公募』 水島 忍(みずしましのぶ)・著

Now Printing

没落貴族令嬢のリゼットは、皇帝陛下・アンドレアスの皇妃となって家計を助けるべく、花嫁試験に立候補する。ある日町で不埒な男に絡まれ、助けてくれた傭兵にキスされ、2人は恋に落ちる。実は彼は身をやつしたアンドレアス本人！ そうと知らないリゼットは、彼のアドバイスのお陰で皇妃試験をパスするが…。

ISBN 978-4-8137-0566-6／予価600円+税

『私の下僕～孤高の美騎士は伯爵令嬢を溺愛する～』 朧月(おぼろづき)あき・著

Now Printing

辺境伯令嬢のソフィアは正義感がある女の子。子供のころから守ってくれている騎士団長のリアムは同士のような存在だった。年頃になったソフィアは政略結婚させられ、他国の王子の元に嫁ぐことに。護衛のためについてきたリアムに「俺が守る」と抱きしめられ、ドキドキが止まらなくなってしまい…。

ISBN 978-4-8137-0567-3／予価600円+税